# アンチ・マジカル

AntiMagical

～魔法少女禁止法～

著 伊藤ヒロ

イラスト kashmir

一迅社文庫

佐倉慎壱

宇佐美奈々

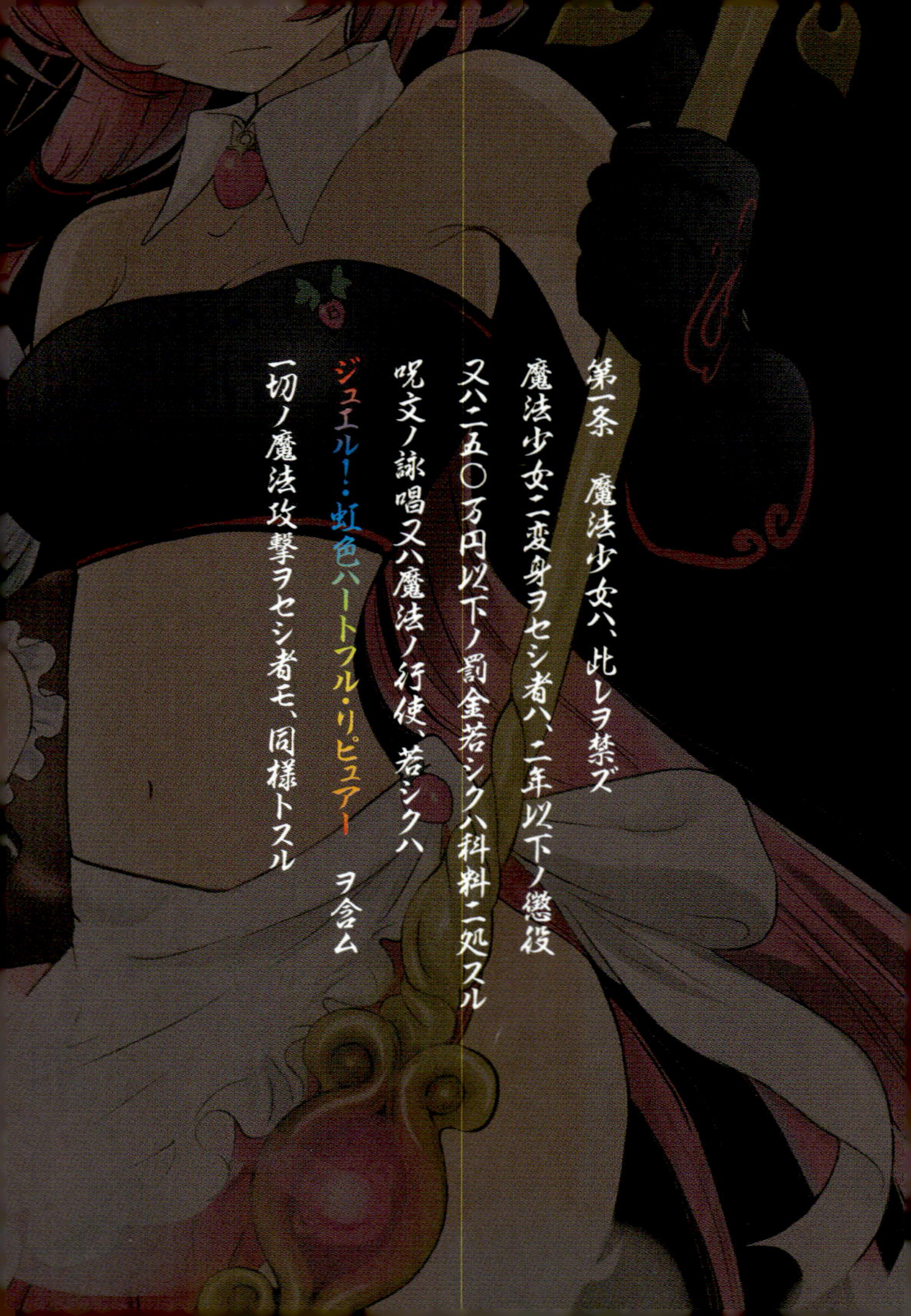
第一条　魔法少女ハ、此レヲ禁ズ
魔法少女ニ変身ヲセシ者ハ、二年以下ノ懲役
又ハ二五〇万円以下ノ罰金若シクハ科料ニ処スル
呪文ノ詠唱又ハ魔法ノ行使、若シクハ
ジュエル！・虹色ハートフル・リピュアー　ヲ含ム
一切ノ魔法攻撃ヲセシ者モ、同様トスル

# アンチ・マジカル

~魔法少女禁止法《まほうしょうじょきんしほう》~

伊藤《いとう》ヒロ

一迅社文庫

挿画：kashmir
デザイン：kionachi(komeworks)

# プロローグ

## ――第一条　魔法少女ハ、此レヲ禁ズ

ウィッチ・イズ・デッド、というやつだ。

〝魔法少女禁止法〟が制定されて今年で一〇年。

昔は簡単だったと彼女は思う。

「ひぎャアアアアアアアアアアアアアアアアアアアアアアアアアアアアアアアアアアアアアああああああああああああああああああああああああああああああああああああああっ⁉　いでえっ！　いでえっ！　いでえよおおおおおおおおおお！」

「だろうな」

夜の新宿《しんじゅく》東口。午後六時五五分の路地裏《ろじうら》。

麻薬ディーラーの人差し指をへし折りながら、彼女は当時に想いを馳《は》せる。

黄金の九〇年代――今から一〇年と少し前、世界はずっと単純だった。

敵も、異世界から来た〝鬼魔《キーマ》〟たちだ。こんな犯罪者どもじゃない。

「ゆ……ゆびがっ！　ゆびがあああああっ！」

男の右腕は、日々筋トレとプロテイン摂取《せっしゅ》を繰り返してきた『他人に恐れられる為の努力』の賜物《たまもの》だ。調子の良い時ならベンチプレスで二九一キロを上げられる。上半身を埋め尽くすトライバルタトゥーの為に公式な記録として認められる事はないだろうが、これは男子九〇キロ級では国内三位となる記録。

にもかかわらずその鍛《きた》え抜かれた太い腕は、無様《ぶざま》に捻《ひね》り上げられていた。

この、女の小さな掌《てのひら》に。

すらりとした細い指は、まるで白魚《しらうお》かピアニスト。

そんな掌が麻薬ディーラーの腕を捻り、そして――指を、へし折る。

自分の倍の太さはあろう、特大芋虫にも似た人差し指を。

ぺきり、と。

小枝のように。

小指から順に折ったので、これで折ったのは四本目。

「ひっぐ、ひっぐ、うえええ……」

男は幼子《おさなご》のように泣きじゃくる。見るからに屈強なこの男が。

だが、この街では悪党の悲鳴や嗚咽《おえつ》は珍しくはなかった。少なくとも彼女の周囲では過去一〇年聞かぬ夜の無い『街の音』だ。

「痛いだろう？　折れた骨は皮膚を破って飛び出し、血はもちろん脂や髄液《ずいえき》までもそこいらに撒《ま》き散らしている。傷が塞《ふさ》がっても一生後遺症で不自由するに違いない。

しかし、気の毒に、とは思わん。お前の罪だ」

男の罪は二つ。

一つは、子供に覚醒剤《かくせいざい》を売った罪。

もう一つは、警告を無視してナイフを捨てないままでいた罪。

「言った筈《はず》だ、降伏しなければ指をへし折ると。私は絶対嘘を吐かない」

その言葉を聞き、周囲にいた麻薬ディーラーの仲間たちは一斉に武器を捨てた。

人数は一〇人近くで、銃を持つ者もいたというのに。

とはいえ賢明な判断だ。自ら武器を捨てた事に対する対価として、女は彼らを『比較的軽症で済む程度にぶちのめした後、警察に引き渡す』と決めた。明日、彼らは警察病院のベッドで自らの賢明さに感謝するに違いない。

もし武器を捨てていなければ、女は『警察に頼らず、自ら裁いて』いただろうから。

「た、頼む――!!　おねがいだから、痛くしないで……!!」

「断る」

喩《たと》えるのなら、狩りをする牝ライオン。

彼女の美貌《かお》は獣に似ていた。

6

彼女の名は、おしゃれ天使スウィ〜ト☆ベリー（二四歳）。

別名『フリル服の悪魔』『返り血ピンク』『狂犬』『毒ベリー』『死のおしゃれ天使』。

法に逆らい活動を続ける、世界で最後の魔法少女だ。

# 第一章「ミラクル・ロマンス」

1

夜、誰かが街の何処《どこ》かで――。

「フリルいっぱい　夢いっぱい　女の子ならおしゃまでいこう！　夢見るおしゃれ天使スウィ～ト☆ベリー！」

一九九〇年代。

より具体的には、九二年四月から九七年三月までの五年間。

いわゆる魔法少女黄金時代。

この時期は史上最も多くの魔法少女たちが誕生した五年間であり、同時に史上最も華やかな活躍を果たした五年間でもあった。

例を挙げるならば、まずは『戦う魔法少女ブーム』の火付け役となった超人気チーム〝魔法のアイドル戦士キラキラスターズ！〟。

半人前の魔女がボーイフレンド二人と合体変身する〝ホーリープリンセスかぐや〟。

剣と魔法の異世界オデッセイを旅する"幻想剣士スターレットガールズ"。人間サイズの不細工なデブアヒルに変身する変わり種魔法少女"空飛ぶダックさん・DE・ニコルソン"。

別の意味で有名になってしまった魔法の小学生"魔法少女マジかるウサミーSOS"。

いずれも世界を救う為に戦った少女たちだ。

その内の一人が、彼女——おしゃれ天使スゥイ〜ト☆ベリー。

それと、仲間である、喩えば先述の"キラキラスターズ!"に比べてややマイナーであったものの、彼女たちの"魔法のスゥイ〜トおしゃれ天使"たち。

しかし当時の勇姿は今でもインターネットの動画サイトで見る事が出来る。

以下は二分一六秒に放映されたドキュメンタリー番組のワンシーンを、当時のファンが著作権無視でアップロードしたものだ。

一九九六年に放映されたドキュメンタリー番組のワンシーンを、当時のファンが著作権無視でアップロードしたものだ。

「お聞きなさい、ロックンロール鬼魔(キーマ)デスビート! みんなが愛する音楽を利用して《キレイなココロ》(ブリリアントハート)を奪おうとするだなんて! 貴方みたいな悪い子のせいで、この——夢見るおしゃれ天使スゥイ〜ト☆ベリーは!」

「女の子ならおてんば大好き! 元気なおしゃれ天使スゥイ〜ト☆ショコラは!」

「女の子ならおしとやか! ステキなおしゃれ天使スゥイ〜ト☆ミルクは!」

「女の子ならおちゃめさん！　ひみつのおしゃれ天使スウィ～ト☆ハニーは！」

「「私たち魔法のスウィ～トおしゃれ天使は、ちょっぴり機嫌が悪いんだから！」」

戦いの際には見得《みえ》を切る。

これが当時の魔法少女の流儀だ。

画面横に添えられた解説によれば、この映像は鬼魔《キーマ》がロックコンサートを利用して《キレイなココロ《ブリリアントハート》》を町の若者たちから奪おうとした時のものらしい。なるほど、それでだろうか。よく見れば敵の鬼魔《キーマ》もどこかエレキギターに似たデザインをしていた。

魔法のスウィ～トおしゃれ天使。

或《ある》いは、スウィ～ト☆チーム。

ひらひらフリルのコスチュームに身を包んだ、一三歳中学一年の美少女戦士たち。

活動は一九九六年の四月から。活動開始当時はベリー、ショコラ、ミルクの三人体制だったが、やがて独自に活動を続けていたスウィ～ト☆ハニーが合流し、動画の通りの四人チームとなった。

その中の、ピンクを基調としたコスチュームの少女がスウィ～ト☆ベリー。

最初に名乗ってはいたものの、特にリーダーというわけではない。実質的なリーダーは二番目に名乗ったショコラの方だ。毎週末に開かれていた魔法少女たちの情報交換会にもチーム代表として出席していたと記録にはある。

ベリーは、むしろチームのマスコット。ムードメーカー的な存在だった。

現在の彼女からはとても想像出来ないが、当時のベリーは明るく無邪気で騒々《そうぞう》しい女の子であったらしい。

動画でアップになると、よく分かる。特に一分一七秒目のあたり。くりくりとした瞳に無垢《むく》な笑顔、いかにも『ちょっぴりドジな頑張《がんば》り屋さん』といった愛らしさではないか。

「ふぅ……」

時計は夜の七時。

九月とはいえ、もう外は暗い。

一七歳の少年佐倉慎壱《さくらしんいち》は、その用件で外出する際には必ずこの動画を見る事にしていた。

それも三度は必ず。

通しで一度。ベリーの名乗りは、もう二回。

自分の家にはパソコンが無いので、隣家の子供部屋——宇佐美奈々《うさみなな》の部屋で。

気分を盛り上げる為の一種の儀式だ。これで彼の意欲《モチベーション》はうんと上がる。

「……佐倉《あんた》、目がいやらしい」

「まさか！　そんな事ないだろ？　だって一三歳だよ？　四つも下だよ？」

「だから、その一三歳で四つも下の子供をいやらしい目で見てるって言ってんのよ！　この変態！　変態！　変態！　どロリコンの変態野郎！」

「人聞き悪い事言うなよ……。だいたい僕はロリコンじゃない。奈々《なな》だって知ってるだろ。僕が誰を好きかってさ」

「…………」

それは奈々ではなく、全く別の女性《ひと》だったが。

「そろそろ行かなきゃ。奈々、早くアレ貸してよ」

「はいはい！　わかった！　わかったってば！」

宇佐美《うさみ》奈々は、佐倉《さくら》少年と同じ一七歳。同じ高校でクラスも一緒。

髪をポニーテールに結わえた、快活という単語がそのまま具現化したような少女で、部活は陸上とチアリーダーを兼部。勉強よりも運動を得意とするタイプだった。

佐倉はやや内向的な性格で、優等生ながらも運動を苦手とするタイプだったから、ちょうど正反対となるのだろう。

でありながら二人は、たまに喧嘩《けんか》をする事はあっても、六歳の時に宇佐美家が佐倉家の隣に引っ越して以来ずっと仲良くし続けていた。

つまりは幼馴染み。

それも漫画的な意味での、だ。

その奈々は、ここ一週間ほど機嫌が悪い。

佐倉少年が例の用件で外出するようになってから毎日がこの調子だ。

彼だって幼馴染みが膨《ふく》れっ面をしている事くらいは気が付いてはいる。しかし鈍感な事に、佐倉は理由を理解していなかった。

（ここ毎日、ずっとパソコンとアレを借りに来てるから、ムカついてるんだろうな）

そんな風に、ややズレた認識のままだった。

もっとも、それも全くの間違いではなかったが。

（毎日、ベランダからやって来て、パソコンを一五分くらい借りて、その後アレを借りて二時間くらい出かけて――しかも親へのアリバイ工作まで頼んでるんだ。そんな風にいろいろ頼まれちゃ、機嫌くらいは悪くなるか。しかもアレは……）

あれは奈々のお姉さんの……。

「ほら！　毎回念押しするようだけど、絶対に壊さないでよ！　わかった⁉」

「うん、ありがとう……」

奈々は苛《いら》ついた顔のまま、勉強机の鍵《かぎ》つきの引き出しから例の〝アレ〟を出す。

《マジかるコロロン》。

いわゆる魔法ステッキ。

佐倉少年は、奈々からそれを受け取ると、

「――くるくるコロろん　マジかるアップ！」

唱えた。

呪文を。

眩《まぶ》しい光に包まれながら。

「マジかる　ラビかる　ココろコロン　ラみカル　ミミかる　みミコろろン♪」

光が消える頃には、彼は……変身《かわ》っていた。

フリルだらけの『魔法少女』に！

「魔法少女サクラ　恋に魔法に大いそがし☆」

ポーズを決めたまま、いつものように少年は頰《ほお》を赤くする。

何度やってもまだ慣れない。

ポーズや決め台詞もそうだし――変身プロセスの一環なので、彼の意思と関係なく自動でステッキにやらされてしまう――それにこのコスチューム！

「佐倉《あんた》、相変わらずそのカッコ似合ってるわね。わたしなんかよりずうっと似合うわ」

「やめてよ、そういう事言うの！　恥ずかしくなっちゃうじゃないか……!!」

「バーカ！　あんたはね、わたしが何か言う前からとっくに恥ずかしい存在なの！　男のクセにそんなカッコが似合うなんて、まったく恥ずかしいったらありゃあしない！　この変態！　変態！　大変態っ！」

「だから、やめてってば……」

佐倉少年も男子であるから、このフリルとミニスカートのコスチュームには抵抗がある。

しかし一方、この姿がどれほどの魔力《ちから》を持っているのかも知っていた。

この衣装には羞恥《しゅうち》に値する価値が、間違いなく秘められているのだ。

それと口にこそ出さないものの、心の中では――、

（うん……たしかに似合ってる、かも……）

と、似合っている事自体は認めていた。

もともと色白で女性的な面立ちの子だったが、この衣装に身を包んだ彼の姿を見て、誰が男子と思うだろう。

これほど可憐《かれん》で愛くるしいのに。

少なくともこの一週間の『活動』で真実を見抜いたのはただの一人だけだった。

「じゃあ僕、行くよ。九時すぎには帰る。うちの親には、奈々《なな》に勉強教えてるって言ってあるんだ。何か聞かれたら適当に誤魔化《ごまか》しといて」

「はいはい！　勝手に行けばいいでしょう！」

「うん……」

そう言って佐倉少年――魔法少女サクラは窓を開けた。

ここはマンションの八階。高さ約二五メートル。

だが夜七時の空は暗く、灯りはビルや住宅の窓ガラスのみ。下から蛍光灯が、てらてらと天を照らす。

このような景色の中では八階の窓は昼より一層高く感じる。気分的には地上一〇〇メートルの高さだ。その体感高度一〇〇メートルを少年は、

「——よっ、と」

よっと、と躊躇《ちゅうちょ》なく飛び降りる。

ミニスカートの裾《すそ》をぎゅうっと押さえながら。

空気抵抗でフリルやスカートが翻《ひるがえ》るので、誰かに下着を見られやしないかと心配だった。けれども不安はせいぜいそれ一つ。

毎夜の事だ。

怖かったのは二度目まで。

サクラの体躯《からだ》は重力によって秒速二二・一メートル、時速七九・七キロで地面に叩きつけられようとしていたが、しかし——そのまま、すとっ、と軽やかに着地する。

これが魔法。魔力による身体能力増幅《ぞうふく》効果。

魔法少女、脅威《きょうい》の力。

この程度の高さなど、変身後の彼にとっては階段を一、二段まとめて飛び降りるのと同じ事。それどころか逆にマンションの八階の高さまで、下から跳《と》び上がる事さえ簡単だった。むしろスカートの事を考えると、その方が簡単なのではなかろうか。

遠く八階の窓から「バーカ」と奈々の怒鳴り声が聞こえたようにも感じたが、しかし少年は

構わず、夜一九時の薄闇《うすやみ》を駆けていく。

杉並区《すぎなみく》の住宅地から高層ビルの並ぶ新宿《しんじゅく》まで五・二キロメートルの距離を。

時には首都高を駆け抜け、また時には建物の屋根や壁面を飛蝗《バッタ》のように飛び跳《は》ねて。

愛しい女性《ひと》の居る、あの暗黒の街に。

(――スウ～ト☆ベリー！　今、行きます！)

〝魔法少女の弟子〟。

映画「魔法使いの弟子」にちなんで、新聞などではそう呼ばれていた。

2

月は、死んだ。

高層ビル街に入ると、それが分かる。

今夜は満月であったものの、しかし眠らない都会の夜は、天空《そら》と関係無く常に眩《まぶ》しい。ガラス窓やネオンは堕《お》ちた星々の死骸《しがい》のよう。二四時間輝く屍《かばね》だ。

闇が存在するのは、今や人間の心にのみ。

かつて人々を導いていた月の光は、今や無用のものと成り果てたらしい。

当の月自身がそれを自覚しているのかは、不明であるが……。

そんな月光の下を少年は駆ける。

誰も見上げない死んだ月と、月を必要としない闇の街を。


〝魔法少女の弟子〟。

このキャッチフレーズには多少なりとも否定的な意味合いが含まれていた。

サクラは九〇年代の魔法少女たちと同等の魔力を持っていたのだし、歳も一七。当時の魔法少女たちはその大多数が一四歳前後だったわけだが、それより三つも年上になる。

にも関わらず、世間はこの子を〝魔法少女〟でなく〝魔法少女の弟子〟と呼んだ。

無論、魔法少女は正体を隠すものだったので、メディア関係者はサクラの正確な年齢を知る由も無い。性別すら誤解したまま。しかし、それならむしろ、だ。彼の背は男子としてはやや低めだが、女子ならわりと高めになるのだから。

キャッチフレーズに込められた具体的な否定的意味合いは、

『弱そう』

『こんな大人しそうな若者が魔法少女活動などという凶悪犯罪を？』

『先に活動していたあの女にたぶらかされているのでは？』

『若者のモラルが乱れているから、こんな風に凶悪犯に憧《あこが》れる子が現れた』

『いやモラルの乱れよりも、むしろ警察の不甲斐《ふがい》なさが問題だ』

と、取り扱う記事やニュースによって様々だろう。

しかし、いかなる意図があるにせよサクラ少年本人はこのフレーズを気に入っていた。

むしろ名誉《めいよ》だ。

一〇日前に路上強盗から助けられ、隣家の幼馴染みが偶然変身ステッキを持っていたのを思い出し、一週間前に初の変身、鼻であしらわれ続けながらも『余所《よそ》で迷惑をかけて回るよりは』と三日前ついに正式な助手として認められた。

そんな彼としては〝弟子〟の称号は眩《まぶ》しいほどに誇《ほこ》らしい。

マンションの窓を飛び降りてから一六秒。

夜の高層ビル街を疾走《はし》り、跳《は》ね回り、壁面を駆け抜け、ついには愛する〝師匠〟の元へ。

「ベリー！　僕です！」

「……サクラか」

建設中の新宿《しんじゅく》アクアリウムタワービル、その天辺《てっぺん》。

巨大グループ企業であるアクアリウム社の新社屋ビルであり、同時に東京タワーの機能を補佐するテレビ塔でもある。高さは三一四メートル。未完成ながらも新宿《しんじゅく》一帯で最も背の高い建造物だ。

造りかけで鉄骨剥《む》き出しの展望台が、彼らの待ち合わせ場所だった。

彼女の秘密の見張り台。

「早かったな？」

「はいっ！」

（……貴方に、少しでも早く会いたくて！）

本当はそう付け加えたかったが、さすがに口には出さずにおいた。

そこまで言ったら、もう告白と同じだろう。そんな勇気、彼にはまだ無い。

（いつかは言わなきゃいけないんだろうけど……。でも今の僕にはまだ、それをする資格があるとは思えない……）

だって、これ程素敵な女性《ひと》なんだから。

もっと彼女に釣り合う自分になるまで待つべきだ。サクラは固く心に決めていた。

夜の新宿は暗黒の森だ。巨木のかわりに墓標にも似たビルの群れが立ち並ぶ。ネオンは輝いているが、それ故に闇は一層強く感じられた。視覚でなく精神の暗黒だろう。

そして森に獣が棲《す》むように、ここでは夜なお人口約三万人。

彼らは、おおよそ三種に分類される。

一つ目は『被害者』。三万人のうち、ほとんどはこれにカテゴライズされるだろう。

二つ目は『加害者』。約一七〇〇人。比率的には低いが、決して少ない数ではない。

最後の三つ目。たったの二人。

即《すなわ》ち、彼ら『魔法少女』。

サクラと、この彼女――夢見るおしゃれ天使スウィ～ト☆ベリーだ。

（相変わらず綺麗な人だな……。ちょっとだけ怖くて、でもそこが、すっごくぞくぞくする……）

世界一美しい人、少年は心の中でそう呼んでいた。

無論、贔屓《ひいき》が入っている。それについては自覚があった。偉大な魔法少女に対する憧《あこが》れや、助けられた感謝といった想いが審美眼を底上げしているんだろう。だが、それらを抜きにしたとしても彼女は相当に美しい。それについては譲《ゆず》る気は無かった。

ポーズをつけたヴィーナスではなく、武具を構えたミネルヴァの美だ。

彼女はもう動画データの『ちょっぴりドジで頑張《がんば》り屋さんの一三歳』じゃない。あれは一〇年以上も過去の姿。今は違う。

ひらひらピンクのコスチュームこそ昔のままだが、二四歳という歳相応に背丈《せたけ》は伸び、顔つきや立ち居振る舞いに至《いた》っては年齢以上にずっと大人びていた。

それは、戦士や騎士のそれ。悪と戦う本物の女戦士だ。

〝規制〟後一〇年の戦いの歴史が、彼女を戦士に変えたのだろう。

冷たく燃える瞳、真一文字に喰いしばった歯。喩《たと》えるならコンクリートジャングルに棲む肉食獣。

肘《ひじ》まである長手袋をつけた腕や、ミニスカートから伸びた脚は、やはり野性の獣か陸上選手のよう。実戦で育まれた筋肉が太くも細くもない最高のバランスで引き締まり、すらりとしなやかに伸びている。

夜間の活動が多い為か肌《はだ》は白いが、よく見れば細かい傷だらけ。それもほとんどが刃物や銃の傷だった。

（ほんとに綺麗……。気障《きざ》な言い方だけど、まるで〝美と戦いの化身〟というか……）

この少年サクラの目には、頰《ほお》に付いた銃創《じゅうそう》や返り血の跡さえも、赤い瑪瑙《めのう》の縞《しま》模様。痘痕《あばた》も笑窪《えくぼ》。ただただ、うっとりとするばかり。

だが当の美と戦いの化身は、少年が向ける熱い眼差しを気にも留めず、天使アイテム《おしゃれ☆オペラグラス》で夜の街を見張り続けていた。

こんな風に魔法少女活動に没頭する彼女の姿も、もちろんサクラは素敵と思う。

「あれ……ベリー、ほっぺに血が付いてますよ？」

「ああ、さっき何人かへし折った。その時に付着《つ》いたのだろう」

「そうですか……」

少年の声が、わずかに曇《くも》った。

さっきまで、ただただ浮かれ、舞い上がっていたというのに。

（へし折ったんだ……。僕が来る前に……）

『何人かへし折った』というのは、つまり『魔法少女活動を行い、何人かの悪党の骨をへし折って退治した』という事だ。

彼が来る前に。

今夜も彼が来ると知っていたのに。

彼としては少し寂しい。自分の居ないところで事件が一つ終わっていたのだから。

もちろん魔法少女活動というのは『彼が寂しくならない事』が目的なわけでもないし、悪党どもに『悪いが自分が来るまで待っていてくれ』と頼める筈《はず》も無いだろう。そのくらいは理解していた。

「……すまんな、サクラ」

「いっ、いいえ！　そんな全然！」

少年は顔を真っ赤にして、ぶんぶんと首を横に振る。

『もしかすると自分は拗《す》ねた顔をしていたのかも』という恥じらいと『さもしい自分の考えを読まれていた』という羞恥《しゅうち》、それから『ベリーがわざわざ自分の気持ちを気にかけてくれた』という嬉しさ。

それら三つが合わさっての、この赤面とオーバーアクションだった。

ベリーは相変わらずオペラグラスから目を離しもしなかったが。

だが、そんな折――。

「………行くぞ」

「えっ？」

えっ、とは聞き返したが、意味は彼にも分かっていた。

発見したのだ。

ビルの裏側さえも見通す《おしゃれ☆オペラグラス》が。

スウィ～ト☆ベリーの冷たく燃える瞳が。

犯罪を。悪を。

即《すなわ》ち、魔法少女活動の対象《ターゲット》を。

「歌舞伎町《かぶきちょう》の隅。距離一二〇〇メートル。一跳躍で行けるか？」

「ひと跳《と》びでは、ちょっと……。でも三回くらいビルの屋根を跳《は》ねれば――」

「いいや、急ぐ」

天使アイテム《おしゃれ☆アンブレラ》。

肩から掛けた《エンジェルポシェット》の中身のひとつで《おしゃれ☆オペラグラス》と同じくおしゃれ天使用特殊装備の一つだ。

ベリーたち〝魔法のスウィ～トおしゃれ天使〟は玩具《おもちゃ》メーカーとタイアップしていたという事情もあり（当時は珍しい事でもなかった）、非常に多種多様な装備を保有していた。

この傘《アンブレラ》もその一つ。跳躍・滑空《かっくう》能力を増幅《ぞうふく》する力を持っている。

「離すな」

彼女はピンクの縞々《しましま》模様の傘《アンブレラ》をばさりと左手で広げると、残った右手で佐倉《さくら》少年の腰を抱き寄せた。

「――――っ⁉」

「跳《と》ぶぞ！」

「はっ……はいっ！」

ベリーは傘の魔力で一二〇〇メートルの距離を跳ぶ。

助走も無しに、一跳躍で。少年一人を抱きかかえたまま。

サクラは、こうして抱かれて跳ぶのは初めてではなかったが――やはり照れる。

でも、嬉しい。

このように半袖＋ミニスカートの衣装で密着すると、すらりとしなやかな二の腕や太ももが素肌《すはだ》同士でぴたりと触れ合う。それどころかコスチュームの柔らかい布地越しに、二四歳の大人の乳房が……‼

互いの体温や呼吸、体臭までも感じられる。風で揺れるベリーの髪からは野原の花の匂いがしていた。

（やっぱり、この女性《ひと》は素敵だな……）

しかし嬉しい反面、情けなくないわけでもない。

まだ自分が『守られるべき存在』だと、思い知らされてしまうから……。

Eight feet

「……聞こえているか？」

「は、はいっ！　聞いてます！」

「ならば、よし。暴力団の出入りだ。銃を持った男三人がスナックに押し入ろうとしている。全員、大友組系一陣会の構成員。あそこは抗争相手である太田組の若頭《わかがしら》が情婦に任せている店で、本人も一時間前から中に居る」

「止めるんですか？　ヤクザ同士の抗争ですよ。どうせ此処《ここ》で助けても、どこかで罪を犯すに決まってるのに……」

「止める。一般客と従業員を守る必要がある。それにサクラの意見には賛成できんな。私はいかなる犯罪も許さない」

　これは冗談《ジョーク》だろうか？

　それとも、わざわざ口にする必要が無いと省略しただけなのだろうか？

　サクラは少しだけ疑問に感じた。今の『いかなる犯罪も許さない』という台詞には、『自分たち以外は』という一文が抜けている。

　犯罪――違法行為なら彼女もしていた。今まさに。

　この『魔法少女』こそが一〇年前から禁止されている違法行為であったのだから。

　魔法少女であるおしゃれ天使スウィ～ト☆ベリーは犯罪者。

　いわば〝非合法魔法少女〟だ。

（助手の僕は、共犯者か……。逮捕されたら刑務所は別々になるな。僕は少年院でベリーは女子刑務所だろうから。もし一緒なら捕まるのだって怖くはないけど……）

そんな事を考えている間に、もう地上。

アクアリウムタワーから、おおよそ高さ三一〇メートル、距離一二〇〇メートル。

ピンクの傘ひとつで風を切りながら乱暴に、
ずどん
と轟音《ごうおん》を立てて着地した。

銃を持った暴力団員三人の目前、わずか二メートルの距離に。

「ぶちのめすのは私がやる。サクラは後ろに回って退路を塞《ふさ》げ」

「はいっ、ベリー！」

着地の土煙が舞う中、彼は密かに、ちぇっ、と思った。

また前線ではなくサポートだ。

3

九〇年代の魔法少女黄金時代、彼女たちの攻撃方法は『ビーム』だった。

魔法の光《ビーム》。

ハートや花びらといった、それぞれの象徴《シンボル》と同じ形をした光弾を飛ばして攻撃を加える。あるいは魔法の光を、剣や矢にして攻撃する。

例外的にヨーヨー、ハンマー、フラフープといった実体武器を使用する者もいたが、基本的には『魔法少女はビームで戦うもの』と思って間違いは無いだろう。

ベリーたち〝魔法のスウィ〜トおしゃれ天使〟たちも同様だった。

ただし、それは過去の話。

異世界から来た鬼魔《キーマ》相手ならいざ知らず、人間に向けて撃つには〝甘くてスウィ〜トな夢を届けるベリー・ピンクベル・ハートヴァイヴレーション〟は強力すぎる。

余程の手加減をしなければ、犯人を人質ごと蒸発させて、コンクリートの壁に人型の染みだけ残った状態を作る事になるだろう。スウィ〜ト☆ベリーは不精者《ぶしょうもの》ではなかったが、わざわざ『余程の手加減をする』という手間を掛ける気も無いらしく——。

「——ふンっ！」

と、ただ殴《なぐ》った。

拳で。

魔力で超増幅《ぞうふく》された魔法少女の膂力《りょりょく》で。

ただの生身の人間——二〇代後半の暴力団員の頬《ほお》を。

殴られた拍子《ひょうし》に一瞬、頚椎《くび》があり得ない方向へと捻《ねじ》れた。人間の首は強い衝撃を受けるとそうなるように出来ているものだ。喩《たと》えば大規模な交通事故に遭ったり、或《ある》いは魔法少女に右フックで殴られたりすれば。きっと何年もムチウチの後遺症に悩まされる事だろう。

同時に唇《くちびる》からは「おぶっ」という呻《うめ》き声と、血と、折れた歯が何本も飛び出した。これまた魔法少女に殴られた人間の一般的な反応だ。

「お……うぉぉおおおおおっ！　おおおぉおおおおおおおうっ！」

男は痛みと衝撃でびくびくとのたうち回る。

これでもベリーは多少は手加減は加えていた。ただ『余程の手加減をする』という程まで手間を掛けてはいなかっただけだ。

そして、残りの二人に告げる。

「お前たち、拳銃《それ》は使うのか？」

男たちは銃を構えたままだったが、それは不意を突かれて思考停止していただけの事だ。仲間の惨劇《さんげき》を目の当たりにしながら、それでも拳銃一丁で魔法少女に立ち向かう――そこまでの勇気は、さすがに両人とも持ち合わせてはいなかった。二人は慌《あわ》てて銃を投げ捨てる。

「それでいい」

ベリーは軽く頷《うなず》くと、丸腰の二人を……順に痛めつけた。

「ま……待てよ!?　何でだよ！　俺たち降参しただろ！　銃捨《チャカ》てただろ！」

「軽くだ。我慢しろ。一人だけ痛めつけたのでは公平さに欠く」

「だ、だからって、こんなひでえ――‼」

「後でお前たちも感謝する。無傷のまま逮捕されてみろ、組に『戦わずに逃げた』と思われて殺《け》されるぞ？　怪我《けが》をしていれば言い訳も出来る」

これが彼女なりの優しさであり、過去の失敗から学んだ手法。片方の男は肋骨《ろっこつ》三本を肺に刺さるようにボディブローで折り、もう片方は両脚を掴んで力任せに叩き折る。

〝死のおしゃれ天使〟とまで呼ばれた彼女が、犯罪者に掛ける唯一の慈悲だ。

（………ちぇっ）

ベリーの見事な手際。

しかし、その手際があまりにも見事な為に助手のサクラとしては、やや『つまらなさ』や『疎外感』を感じてもいた。

（言われた通り、あいつらの後ろに回りこんだのに……）

ベリーにとって自分は必要無いのでは？

いや、それどころか邪魔扱いされているのでは？

先程の『後ろに回りこんで退路を塞《ふさ》げ』という指示も、本当は『邪魔だから向こうに行け』という意味ではなかったか？

それを考えると、表情は自然と陰鬱《いんうつ》なものになっていく。

（ううん……考えるのよそう。こんな事考えてたら、きりが無いし……）

やがて、外の騒ぎが聞こえたのだろう、男たちの襲撃先だった安スナックの扉が開く。

店内から出て来たのは——。

「ス……スウィ～ト☆ベリー!?　こりゃア、何の騒ぎだ！」

出て来たのは、ターゲットである若頭《わかがしら》だ。

「太田組若頭の黄島《きじま》だな。こいつらの顔に見覚えがあるだろう？」

「あァ……？　そういや確か、コイツら一陣会の——!!　じゃあアンタ、俺を守ってくれたってェのかよ!?」

「結果としては、ある意味そうなる。だが私が守ったのは法と正義だ」

「法？　い、いや、法を守れてるかは知らねえが……けど、どっちにしても有り難え！」

確かに、このアスファルトの上の地獄絵図。合法性には疑問を感じる。

だが、男たちの悲痛な呻《うめ》きの中でもベリーの瞳に揺らぎは無い。

彼女が守ったという法は『刑法』でも『日本国憲法』でもなく、その上に位置する『彼女なりの法《ルール》』だったのだろう。

狂気にも似たこの圧倒的自信。

スウィ～ト☆ベリーの真っ直ぐな瞳を前に、五二歳になる暴力団幹部黄島の瞳は、怯《おび》え、潤《うる》み、視線を下方に逸《そ》らしていた。背中もわずかに震えている。

そんな恐怖の中で『有り難え』と礼を言ったのは、暴力を生業《なりわい》とする者の精一杯の虚勢であるのか。或《あ》いは古いタイプのやくざ特有の美学とでも言うべき義理堅さであったのか。

しかし、いずれにせよベリーはその礼儀を

「いいや――」

一蹴《いっしゅう》した。

その語調は瞳と同じく、凍りついた炎のよう。

冷静沈着、でありながら極めて高い攻撃性を秘めていた。

「感謝をされるいわれは無い。必要も無い。むしろ、お前は私に怨嗟《えんさ》の言葉を吐くべきだ。魔法少女は公正さを重んじるものなのだからな」

黄島《きじま》は、瞬時に悟った。

横で聞いていたサクラも、遠巻きに眺めるギャラリーたちも。

『ベリーは彼にも大怪我《けが》を負わせて、それで公正《バランス》さを保つ気だ』と。

日本の一般的な法では、この男は襲撃された被害者なのに。

だが、これが彼女なりの公正さであり法だった。

「ま……待て！　やめっ、やめろ！　やめろおおおおおっ！」

やめない。

ベリーが胸倉《むなぐら》を掴んだ瞬間、太田組若頭《わかがしら》であり自らも二次団体の組長を務める黄島俊次《しゅんじ》

(五二)は……失禁した。勢い良く。彼のようなベテランは、長く暴力業界に籍《せき》を置くだけあっ

て『苦痛に対する勘《かん》』が鋭《するど》い。襟《えり》を掴む握力《あくりょく》から、味わう痛み量を計測出来てしまったのだろう。

漏《も》れた尿《にょう》がベリーの太ももやブーツに撥《は》ねる。

だが、ベリーはそれで怒りを激しくする事も無ければ、逆に憐《あわ》れむ事も無い。彼女の法では恐怖による失禁は罪でなく、また逆に減刑理由にもならないのだから。

スウィ～ト☆ベリーはただただ冷徹《れいてつ》にその右拳を振り上げるが……、

「お……おお、俺に八つ当たりする事無《ね》えだろォ！　仲間が死んだからってよォ！」

「――――？」

ここで初めて、手が止まる。

『仲間が死んだからってよォ』の部分で。

振り下ろした拳が、男の顎《あご》に触れる直前で。

「仲間……？　誰が死んだと？」

「あ、あれ……もしかして仲ァ悪かったのかよ？　確かに違うチームの奴は仲間じゃねえのかもしれねえが……でも同業者だから、てっきりそれで機嫌悪《わり》ぃのかと思ってたんだ。なあ、もしアレが他殺《コロシ》で、犯人を探す気なら俺も手伝って――」

「いいから言え！　誰が死んだ！」

「テ……テレビ見ろよ！　ちょうど今、そのニュースが……!!」

スナックりりか。

歌舞伎町《かぶきちょう》の隅にあるこの安スナックの内装は、お世辞にも豪華とは言えない。しかし日本シリーズや高校野球のシーズンには店内で野球賭博《とばく》をする事もあって、テレビはそれなりに悪くないものを置いてあった。

六〇インチサイズのプラズマテレビだ。

その大画面には今、一九時台のニュースが映し出されている。

テロップは『人気ファッションモデル金城《きんじょう》マリー、自宅マンションから転落死』。

画面の中でアナウンサーは、淡々とニュースを読み続けていた。

「——金城さんは一〇年前、国民的人気を博した魔法少女チーム〝魔法のアイドル戦士キラキラスターズ!〟のメンバー、キラキラゴールド!の正体ではないかと噂《うわさ》された事で一躍時の人となり、その後、歌手、女優、グラビアアイドルとして活躍。現在はファッションモデルとして海外を中心に活動をしていました。今回の転落には不審な点も多く、専門家の意見によればこのマンションの窓は強化ガラス製で——」

午後の五時過ぎ、二〇階建ての高層マンション最上階から不審な転落死。

失禁した暴力団幹部の襟《えり》首を掴んだまま、スウィ〜ト☆ベリーは画面を見ていた。

眉根《まゆね》に皺《しわ》を寄せ、目を細めながら。

助手であるサクラはすぐ傍《かたわ》らでベリーの顔を見つめていたが、彼女のこの表情がいかなる感情の発露《はつろ》であるのか、少年にはまだ分からなかった。

悲しみ？　怒り？　謎に対する純粋な疑問？

はたまた、そのいずれとも異なるものか……？

「……サクラ」

「は……っ、はいっ！」

「今夜は『残業』だ。お前の手を借りる」

「はいっ、ベリー！」

黄金の愛のアイドル戦士キラキラゴールド！。

彼女の死は一つの『はじまり』であり、同時に一つの『ヒント』でもあった。

# 第二章「ウィッチメン」

## 1

フリル服の二人組が犯罪者狩り。しかも片方は二四歳の大人であるのに可愛らしいコードネームを名乗り、使う道具も幼い女児向けの玩具《おもちゃ》のよう、とは。

まるで幼稚なギャグのよう——客観的に見ればそうだろう。

だが、笑う者は何処《どこ》にも居ない。

この二人を笑い者にするというなら、自分たちは？

一〇年前フリルの少女たちに救われた我々の命は、一体どれ程軽くなる？

自分たちの住む世界は、幼稚で悪質で笑えないギャグの上に成り立っている——皆の自覚がある以上、この二人は『深刻な現実』そのものだった。


ともあれ二人の〝非合法魔法少女〟は夜の街を駆けていた。

先程の暴力団組員を手早く簡単に痛めつけた後で。歌舞伎町《かぶきちょう》から麻布十番《あざぶじゅうばん》まで、ビルの屋上を跳《は》ねながら。

（ああ、どうしよう……。やっちゃったかも……）

〝魔法少女の弟子〞魔法少女サクラは、恥じていた。

（僕ったら『はいっ、ベリー！』だなんて！　あんな弾んだ声で、嬉しそうに……!!）

サクラは、敬愛するスウィ～ト☆ベリーに
『今夜は〝残業〞だ。お前の手を借りる』

と言われ、つい弾んだ声で返事をしてしまった。

元気いっぱいに。嬉しそうに。

少年は、それを恥じていた。

（ベリーの昔の仲間が死んだっていうのに、僕ったら！　彼女の気持ちも考えないで、あんなに浮かれて……!!　もしかするとベリーの気持ちを傷つけたかも……）

『機嫌を損ねて嫌われるかも』ではなく『傷つけてしまったかも』という純粋な後悔だ。このあたりに彼の善良さや育ちの良さが窺《うかが》えた。

しかし、仕方の無い事ではある。

彼はずっと『自分は本当に役に立っているのか』を疑問に感じていたし、助手として認めてもらう際にも、

『夕食が終わってから午後九時までだけ助手としての活動を許可する。子供は家族で食事をとるものだし、夜の九時には家にいるものだから』

と、まるっきり小さな子供扱いの条件づけをされていた。

そんな彼が力を必要とされたのだ。舞い上がる気持ちも理解出来よう。

「あの……ベリー、ごめんなさい」

「………？　どうした？」

「いいえ、何でも……」

当のベリーは気にしていないようだったのでサクラの気は軽くはなった。が、それでも胸のつかえは取れないままだ。

他に気になる事が幾つもある。

（ベリーにとって余所《よそ》のチームの魔法少女は、どういう存在なんだろう？　死んでも、そこまで気にならない？　いや——そもそも、その死んだファッションモデルは本当にキラキラゴールド！だったのかな？）

〝魔法のアイドル戦士キラキラスターズ！〟といえば、サクラでも知ってる超有名魔法少女チーム。鬼魔《キーマ》と戦う一四歳の美少女戦士たちだ。

メンバーは、リーダーであるキラキラジュエル！以下、ローズ！、アクア！、グリーン！、ゴールド！の五人で、それぞれ地球、火星、水星、木星、金星をシンボルとしている。途中、何人かメンバーの追加もあったが、基本的には〝キラキラスターズ！〟といえばこの五人の事だろう。

サクラは〝規制〟前はまだ七歳以下の幼児だったが、それでも記憶は残っている。

当時、子供たち――特に女子は毎日〝キラキラスターズ！〟の話題で持ち切りだったし、雑誌の表紙や特集記事も彼女たちばかり。アニメや漫画、玩具《おもちゃ》、ＴＶゲームなどにもなって、いずれも大ヒットを飛ばしていた。

サクラは昔から大人しい子だった為、よく女子に混じって遊んでいたが、その影響もあって幼稚園時代はロボットよりも彼女たち五人の方が好きだった。

決め台詞も憶えている。

『クリスタルエナジー　スターライトアップ！　このあたし、輝く星のアイドル戦士キラキラジュエル！一四歳が、貴方のハートをね・ら・い・う・ち！』

まだ魔法少女が合法だった時代、彼女たちは全国の少女の憧《あこが》れだった。

一方、言ってはなんだがベリーたち〝魔法のスウィ～トおしゃれ天使〟はさほど人気のあるチームではなかった。

知名度も微妙であったし、むしろ『ぱくり』『ぱちもの』として嫌っている子も多かった気がする。

実際〝おしゃれ天使〟は〝キラキラスターズ！〟の影響を受けて結成されたチームであっただろうし、それについて弁明するのは難しいだろう。スウィ～ト☆ベリーが非合法活動を続けていなければ、このチームの名は完全に忘れ去られていたに違いない。

（……本当に、どう思ってるんだろう？　あのやくざも言っていたけど、もしかして仲悪かったりするのかな？　それとも、そんな事は無い？）

余談ではあるが、現在ではおしゃれ天使スウィ〜ト☆ベリーより有名な魔法少女は存在しない。当然の事だ。

今では彼女（と、その弟子）が最後の魔法少女なのだから。

＊　　　＊

〝魔法少女禁止法〟。

それは或《あ》る意味、歴史の必然と言える。

大人たちが胸に秘め続けてきた叫び声を、ただ文面に起こしただけの法律だった。

そもそも魔法少女は九〇年代に初めて現れたわけではない。

一九六〇年代から既に『魔女っ子』『小さな魔法使い』『ミラクル少女』などと呼ばれる超自然的な能力《パワー》を持つ少女たちは存在していた。

だが彼女たちはその魔力で何かと戦ったりは、基本的にはしなかった。

中には〝花の騎士ハニーゴールド〟のように秘密結社と戦っていた者もいたが、それは極々《ごくごく》稀《まれ》な例外に過ぎない。

普通は近所で起こったトラブルを解決したり、子供らしいちょっとした悪戯《いたずら》に使ったりする程度だった。

また、この頃は魔法少女そのものが、ほんの少数しか存在していない。

これが俗《ぞく》に言う第一世代魔法少女。

当時はまだ『第一世代』とは呼ばれておらず（まだ第二世代があるかどうか知らないのだから当然だ）、また『魔法少女』という呼び名もまだ定着してはいなかった。

一九八〇年代に入って魔法少女は、短期間のうちに急激にその人数を増やす。

彼女たちは第一世代と同じく、基本的にはその魔力を身近なトラブルの解決や悪戯などに使っていた。

しかし一部にはヘリコプターや巨大ロボットといったものものしい装備を持つ者もおり、悪夢の怪物やマッドサイエンティスト、大規模災害に対して魔法を駆使して立ち向う事例も少数ながら存在していた。

この段階で、次の世代への下地が固められたと見て良いだろう。

これが第二世代魔法少女。

メディアが『魔法少女』という言葉を使うようになったのもこの時期だ。

そして、ついに九〇年代。

当時、人類は〝鬼魔《キーマ》〟の脅威《きょうい》に晒《さら》されていた。

闇に潜み、人間の持つ《キレイなココロ《ブリリアントハート》》を奪おうとする異世界から来た怪物たち。

だが一九九二年、この脅威から世界を守るべく最初に立ち上がったのが〝魔法のアイドル戦士キラキラスターズ！〟だ。彼女たちは当時まだ珍しい『戦う事を目的として誕生した魔法少女』であり、初のチームスタイルの魔法少女だった。

その後〝キラキラスターズ！〟の影響を受けてか、幾つもの『戦う魔法少女』たちが登場。多くはチームを組み、やはり鬼魔《キーマ》と戦った。

これが第三世代魔法少女。

過去の世代よりも、ずっと武闘派の魔法少女たちだ。

当初からその戦闘能力を危険視する声もありはしたが、しかし異世界からの脅威が現実として存在する以上、彼女たちは必要とされていた。

なのでメディアも好意的に、且《か》つ大々的に取り扱った。

週に何本もドキュメンタリー番組やニュース特集が放映され、その活躍はアニメや漫画にもなった。テレビをつければ毎日最低一本はどこかのチャンネルで魔法少女の番組がやっていて、特に小さな女の子に大人気。最も人気のあった〝キラキラスターズ！〟のアニメ版などは当時、視聴していない女児はいなかったのではなかろうか。

しかし一九九七年の春、状況は一変する。

この年の三月〝キラキラスターズ！〟を中心とする魔法少女連合軍が鬼魔《キーマ》の本拠地である鬼魔界に乗り込んで最終決戦を挑み、指導者である闇の女王プリンセス・オブ・ダークネスを倒したのだ。

こうして五年間に及ぶ戦いは終わり、人類は平和と安寧を取り戻す。

と同時に『戦う魔法少女』――異世界に殴《なぐ》り込んで、その世界の全軍隊と互角《ごかく》に渡り合い、要塞《ようさい》の奥に居る指導者と幹部を殺害する、などという物騒な力を持った一〇代の少女たち――は世界に不要な存在となった。

少なくとも、持て余す存在となったのは間違いない。

翌月、九七年四月。〝キラキラスターズ！〟のメンバーで青き水のアイドル戦士キラキラマリンが自分の正体を明かした上で引退を宣言。全世界に向けて英語で『もはや魔法少女の使命は終わった』と有名な演説をした。

また同時期。当時八歳で最年少の魔法少女であり、連続ドキュメンタリー番組〝魔法少女マジかるウサミーSOS〟の主役でもあった魔法少女ウサミーが、今度は痛ましい事件の主役となる。

魔法少女は正体を秘密にするものだったが、彼女はスポンサー契約していた大手ゲーム会社だけには本名と住所を明かしていた。しかし、アルバイトのプログラマーから情報が流出。ウサミーこと本名宇佐美実々《うさみみみ》（当時八歳）は下校途中に誘拐され、三日後首《し》を絞められた全裸死体として山の中で発見される。

当初は鬼魔《キーマ》残党の仕業と思われていたが、しかし実際は彼女に乱暴する事を目的とした熱狂的なファンの犯行だった。ワイドショーでは泣き叫ぶ両親と幼い妹の姿が連日繰り返し放送された。

他にも幾つかの事情・事件が重なって、ついに六月下旬、国会で魔法少女を禁止する法案が提出された。先述の事件による世論の後押しもあり——いや、むしろ大人たちは口には出してこそいなかったものの、以前から皆、魔法少女を恐れていたのだ——ついに一九九七年八月、法案は可決。

かくして此処《ここ》に『魔法少女及び変身美少女戦士取り締まり法』、通称〝魔法少女禁止法〟が施行される。

**魔法少女ニ変身ヲセシ者ハ、二年以下ノ懲役又ハ二五〇万円以下ノ罰金若シクハ科料ニ処スル。**

**呪文ノ詠唱又ハ魔法ノ行使、若シクハジュエル！・虹色ハートフル・リピュアーヲ含ム一切ノ魔法攻撃ヲセシ者モ、同様トスル。**

この懲役二年というのは、魔法少女に変身する事や魔法を使う事だけに対する刑罰《けいばつ》だ。人間を普通の犯罪に対する刑罰にプラス二年、という意味と言えば分かりやすいだろうか。人間を魔法で攻撃すれば、さらに追加で殺人・障害・暴行などの罪が加算される。そう考えれば、かなり重い罰だろう。

また、それまでは魔法でしでかした行為は、殺人でさえ罪に問われるかどうか明確では無かったが、この法律により『通常の凶器と同等かそれ以上の罪に問われる』と明文化された。

この法により、魔法少女はその存在自体が非合法なものとなる。

幾人かはメディアに正体を明かす者もいたが、大抵はただ黙ってその存在を消した。魔法少女がその存在を消すのは、呪文を唱えずとも容易《たやす》い事だ。ただステッキをどこかにしまって二度と変身しなければいいのだから。

法施行後、彼女たちは各々《おのおの》の日常へと戻って行った。

法を無視して魔法少女活動を続ける者も幾人かは居たものの（この頃になると敵は人間の犯罪者たちになっていた）ある者は逮捕《たいほ》され、またある者は遅れてステッキをしまい、やがて一九九八年の春には唯一人——おしゃれ天使スウィ〜ト☆ベリーのみとなる。

これが現在までの経緯《いきさつ》であり、今の魔法少女を取り巻く状況のさわりだ。

宵《よい》の薄闇《うすやみ》のような孤独の中で、ベリーはたった一人の戦いを続けていた。

「やれ、サクラ」

「はいっ、ベリー！

——マジかる　ラビかる　ヘンしんチェンジ　警視《けいし》総監《そうかん》にな～あれ♪」

ここ最近は、少しだけ孤独でなくなったようだが。

2

「どうでしょう……？　ちょっと無理がある気もしますが……」

「問題無い。ちゃんと警視総監に見えている」

この〝変身魔法〟というのは、コスチュームへの変身とはまた別のもの。

子供が秘めている無限の可能性を引き出す事により、あらゆる職業の大人に変身するという効果の魔法だ。一種の変装術とも言える。潜入《せんにゅう》捜査《そうさ》や人助けに最適な魔法だった。

魔法のメカニズムなどに多少の違いはあるだろうが、魔法少女なら大抵は似たような魔法が使えるものだ。

サクラはこの魔法によって警視総監に変身をしたのだが——。

「本当にちゃんと変身できてます？　鏡を見た限り、とても問題無いようには……」

　立派な口ひげはそれらしいと言えなくもないが、顔自体はサクラのままだし、肌《はだ》のつるつるした張りは明らかに一〇代のもの。

　それに一番ひどいのが足もと。靴《くつ》が魔法少女の時のままだ。

　ヒールつきブーツの警視総監なんて、サクラは一都民としてどうかと思う。

「無茶ですよ。だいたい、今の警視総監ってこんな顔なんですか？　もし相手が本物の顔を知ってたら？」

「いいや、問題無い。変身魔法の暗示効果で、ちゃんと警視総監に見える。このまま打ち合わせ通りにやれ。今はお前だけが頼りなんだ」

「はいっ！」

　はいっ、と元気よく返事をしながらサクラは頬《ほお》を赤らめた。

（そうか、僕の変身魔法だけが頼りなんだな……）

　なんて素敵な響きだろう。

　ずっと自分がいらない子なんじゃないかと不安だったのに、いきなり『お前だけが頼りだ』だなんて！

「でもベリー、おしゃれ天使には変身魔法はないんですね？」

「いいや、ある。だが事情があって使用不可能な状態だ。だから今はお前が頼りだ」

「そうですか……」

サクラは紅潮していた顔から血が引いていくのを感じていた。

擬音《オノマトペ》を付けるなら、しょぼん、が一番丁度良い。

(そうか、僕の変身魔法だけが頼りなんだな……)

同じ言葉でありながら、これほど異なる意味合いになるとは。

(変身魔法用のアイテムが故障だか何かしちゃったから、それで代わりにやらせただけなんだな……。僕の力が必要ってんじゃなくて、魔法《マジかる》ステッキ《コロロン》の変身機能さえあればよかったのか……)

それどころか、もっと嫌な考えさえ頭に浮かぶ。

(もしかして僕を助手《でし》にしたのって、これが理由なんじゃ？　変身魔法用のアイテムが使えなくなったから、それで代わりに変装させるために？)

だとすればアイテムの故障が直ったら、自分は必要無くなってしまう？

そんな想像をした為に、赤かったサクラの顔はすっかり青ざめてしまっていた。

「どうした？」

「いいえ、何でも……」

本当は『何でも』どころではなかったものの、訊《たず》ねて確かめる勇気も彼には無かった。

〝サクラ警視総監《けいしそうかん》〟が顔色を赤やら青やらカラフルに変化させているうちに、二人は目的地へと到着する。

麻布十番《あざぶじゅうばん》にある地上二〇階建ての高層マンション、その最上階――つまりは事件現場へ、と。

エレベーターを降り、通路の奥の〝彼女〟の部屋へ。

部屋の前には、今まさに捜査《そうさ》中であるのだろう、幾人もの関係者でごったがえしになっていた。

制服警官に、刑事らしき背広《せびろ》の男、検視官《けんしかん》。それから新聞記者やテレビレポーターたちも。

「……サクラ、台詞を」

「あっ、はい……」

緊張で手順を忘れるところだった。

「あの……しょ、諸君、ご苦労！」

ひどく棒読みの演技ではあったが、警官たちは一斉にサクラに向かって敬礼する。

「これは警視総監どの！　現場にどのようなご用件でしょう？」

目の前にいた刑事らしき背広の男が、かしこまった態度でサクラに声を掛けて来た。

特に疑っている様子は無い。魔法の暗示効果なのだろう、サクラを本物の警視総監と信じきっているようだ。

サクラは緊張で声を震わせながらも打ち合わせ通りの台詞を続ける。

「ウォッホン！　全員、部屋から出てくれたまえ。私だけで中を見たい。何があっても一〇分経つまで入って来ないでもらおうか」

それはあまりにも不自然な指示。

だが、やはり魔法の効果だ。警官たちはサクラに言われるままに部屋からぞろぞろと去って行く。

「あの……警視総監《けいしそうかん》、そちらのお連れの方は？」

「こ、この人は構わない！　一緒に部屋に入るが、気にするな！」

彼の連れは、もちろんスウィ～ト☆ベリー。

彼女は変身魔法は使えなくなっていたが、一応変装（らしきもの）はしていた。裾《すそ》の長いトレンチコートをコスチュームの上から羽織り、帽子を深く被って顔を隠している。

いかにも怪しい姿であり、九月の陽気のもとではあまりに不自然ではあったものの、しかし、そこはサクラの魔法の暗示効果。それ以上、追及される事は無かった。

二人は部屋へと入ると、見るからに防音効果の高そうな分厚い金属扉をがしゃりと閉じて、鍵《かぎ》も掛け――、

「……ふう」

と息を吐く。

いや、訂正だ。ふう、と吐いたのはサクラのみ。

歴戦の戦士であるベリーにはそんな一瞬の休息さえ必要無かった。ドアから入るや否や、変

装用の帽子を玄関の帽子架けに引っ掛け、そのまま流れるような手際で部屋のあちこちを調べ始める。

「一〇分だ。急ぐぞ」

「はいっ、ベリー！」

天使アイテム《おしゃれ☆探偵ルーペ》。

ベリーはこの捜査《そうさ》用の天使アイテムで鋭《するど》い視線を巡《めぐ》らせる。その後にサクラも続く。

（随分高級そうなマンションだな。ファッションモデルで歌手でアイドルだから、お金は持っていたんだろうけど……）

それとも低俗なテレビのような発想だが、金持ちの愛人でもやっていたのだろうか？

（いや――〝キラキラスターズ！〟のメンバーがそんな事……!!）

サクラは頭によぎった思考を強引に打ち消した。当時子供たちに大人気だった〝キラキラスターズ！〟のメンバーがどこかの金持ちの愛人になっているだなんて、そんなの想像さえもしたくない話だ。

超有名魔法少女チーム〝魔法のアイドル戦士キラキラスターズ！〟。その五番目のメンバー、黄金の愛のアイドル戦士キラキラゴールド！。

彼女はもともと単独で活動する独立した魔法少女であり、一説によれば他のメンバーたちより活動暦はずっと長いと言われている。

しかし〝キラキラスターズ！〟結成から八ヶ月目、共通の敵と戦っているとと知ったゴールド！は、鬼魔《キーマ》に苦戦していた〝キラキラスターズ！〟への参加を表明。

それから活動終了までずっとチームのメインメンバーであり続けた。

単独活動期間の実戦経験から『通常モードではチーム最強』との呼び名も高い、実力派のアイドル戦士だ。

「あっ、ベリー！　見てください、この窓みたいですよ。ガラスが割れてる。このリビングの窓から転落して亡くなったんです」

金城《きんじょう》マリーがキラキラゴールド！だったとしても、ここから落ちたのは変身前。最上階である二〇階からだから、きっと即死だったのだろう。

二人が来た時、遺体《いたい》は既に回収されていたが、この高さではおそらくハンバーグのタネに近い状態になっていたに違いない。想像するだけでサクラの胃は逆流寸前になってしまった。

「ふむ……。今、お前は『転落』と言ったな？　だが『転落』という単語からは『誤って勝手に落ちた』というニュアンスが感じられる。サクラはこれを事故死と考えているのか？」

「い、いえ……別に、そういうつもりじゃ……」

「ならば、いい。テレビでも言っていたが、高層マンションの強化ガラスは『つい誤って』で割れはしない。従って、この一件は事故である筈《はず》がない。とはいえ――この厚さのガラスを『意図的に』で割るのもそう簡単ではないだろう。何かの機械を使うか、或《ある》いは………鬼魔《キーマ》の腕《わん》力《りょく》でなら」

「鬼魔《キーマ》？　まさか！　だって、あれは一〇年前に！」

「ただの仮説の一つだ。無論、私もそんな――」

――と、そこで一旦《いったん》言葉は止まる。

魔法のルーペが何かを見つけた為だ。

寝室の壁際に置かれた、北欧調クローゼットの奥に。

「……見つけた」

「何をです？」

サクラ少年の目には、それはただのクローゼットにしか見えなかった。

単に『高そうな家具だ』というのと『しまってある服も高そうだ』くらいしか感想は無い。

だがベリーの瞳と《おしゃれ☆探偵ルーペ》には、そう単純には映らない。

「このクローゼット、壁にめり込んでいるだろう？」

「そういうデザインなんじゃないんですか？」

「いいや、奥行きが不自然だ。見ろ――」

死者とはいえ他人の部屋というのに。

ベリーは魔法少女の超腕力で、クローゼットを丸ごと壁から引き剥《は》がす。

それも力任せに。滅茶苦茶《めちゃくちゃ》に壊して、だ。

この小洒落《こじゃれ》たクローゼットは一見木製に見えたが、実は金属製だったらしい。ぐしゃぐしゃに潰れた合金《ごうきん》の塊《かたまり》が、床にどすんと転がった。『何があっても一〇分間入って来るな』と念押ししていなければ、今の音で警官たちが突入してたに違いない。

「ふむ……」

「問題無いんでしょうか、こんな事して……？」

「いいや、問題あり、だ。見ろ」

クローゼットの裏側には、あった。

隠れてた。念入りに隠されていた。

壊れたクローゼットなんかよりも遥かに大きな『問題』が。

「これは……《スターアイドルスティック》？　これって《スターアイドルスティック》ですよね？　キラキラスターズ！が変身する時に使う魔法ステッキの。幼稚園の時、女の子たちがこれを持ってたの憶えています。それに、こっちはキラキラゴールド！のコスチューム……。そうか——やっぱり亡くなった金城《きんじょう》マリーがキラキラゴールド！だったんですね」

「…………」

まだこの瞬間、サクラは『問題』の本質を理解していなかった。

金城マリーがキラキラゴールド！だった事は、問題のほんの一部に過ぎない。

寝室のクローゼットの裏側には、秘密の隠しクローゼット。

そこに並べてあったのは、キラキラゴールド！のステッキとコスチューム。

と、それ以外！

「……そうだな、死んだ金城マリーはキラキラゴールド！でもあった」

そして、それ以外でもあった。

ベリーは軽く自分の唇《くちびる》を噛《か》んだ。秘めたる心の乱れの現れだろう。冷徹《れいてつ》な死のおしゃれ天使には似つかわしくない仕草だったが、しかし目の前に突きつけられたこの事実。彼女でなくば、より激しく取り乱していたに違いない。

ベリーは隠しクローゼットに並ぶ品々を端から順に解説する。それは単にサクラに対する説明というだけでなく、自分自身に対する確認作業でもあったろう。

「お前の言う通り、これはキラキラゴールド用のスターアイドルスティック。こちらはそのコスチュームだ。そして、その隣が――〝ホーリープリンセスかぐや〟の仲間である仮面プリンセスハッチちゃんの杖《つえ》とマスク」

「……えっ？」

〝ホーリープリンセスかぐや〟は、かぐや姫の子孫で半人前の魔女。彼女のライバルであり、やはり鉢《はち》かぶり姫の子孫で修行中の魔女でもあったのが、この『黒頭巾《くろずきん》』こと仮面プリンセスハッチちゃんだった。

「右横に立てかけてあるのは〝幻想剣士《マジックソード》スターレットガールズ〟を助けた黄金の騎士フェアレ

「ディの剣」

「……えっ？えっ？」

地球から異世界オデッセイに召喚されて、魔法剣士《まほうせんし》として戦う事になった女子中学生三人組〝幻想剣士《マジックソード》スターレットガールズ〟。その戦いが地球にまで及んだ時、突如現れたのが、この黄金の騎士フェアレディ。

「それから……ああ、あったぞ。これは〝空飛ぶダックさん・DE・ニコルソン〟のライバル、ウーパーさん・THE・ゴールドバーグの帽子だ。魔法ステッキの《ルーパータンバリン》は見当たらないが、どうせその辺りにあるんだろう」

「それって、どういう……」

人間サイズのデブアヒルに変身する変り種《かわ　だね》魔法少女〝空飛ぶダックさん・DE・ニコルソン〟。彼女の前に一度か二度だけ現れて喧嘩《けんか》ばかりしながらも協力して事件を解決したのがこの人間サイズのウーパールーパー、ウーパーさん・THE・ゴールドバーグだ。

「他にもいろいろ並んでいるが、以下省略、だ。全部説明していたらキリが無い」

何故、その装備がこの部屋に？

いずれも〝キラキラスターズ！〟とは直接接点の無い魔法少女たちなのに。

しかも偶然なのだろうか、今列挙したのは皆『途中参加メンバー』や『第五の戦士』と呼ばれる魔法少女たちのものばかり。キラキラゴールド！を含めて全員が、チーム結成初期からではなく途中から新たに加わった魔法少女たちだった。

「最後に……この黄色いステッキは――」

それはサクラにも一目で分かった。

家を出る前に、パソコンで見たばかりだったから。

ここに並んだもののうち、ベリーにとっては最も意味のある品であったに違いない。

「〝魔法のスウィ～トおしゃれ天使〟のメンバー、ひみつのおしゃれ天使スウィ～ト☆ハニーの《おしゃれ☆アンクステッキ》……」

スウィ～ト☆ハニーは〝魔法のスウィ～トおしゃれ天使〟の途中参加メンバー。

もともとはハニー単独で活動していたが、やがてベリーたち三人と合流。活動暦は他のおしゃれ天使たちよりも長く、未熟《みじゅく》なベリーたちを導く教師のような役割でもあった……らしい。

（ああ、やっぱりそうなんだ……）

やはり、とサクラはそう思った。

この『やはり』というのは『やはりスウィ～ト☆ハニーのものだったか』という『やはり』と同時に『やはりベリーでもショックだったのだな』という『やはり』でもある。彼にとって鋼鉄のような存在であったこの師匠が、ほんの一瞬だけガラスに見えた。

「つまり、ベリー……これって、どういう事なんでしょう？　死んだファッションモデルの金《きん》城《じょう》マリーは、他の魔法少女の装備を集めていた？」

「違う！」

ベリーは声を荒げ、サクラの背筋をびくっとさせながら言葉を続けた。

語られる驚くべき真実。

而《しか》して、その実体は——。

「もとから同一人物だったんだ！　キラキラゴールド！も！　プリンセスハッチも！　ウーパーも！　フェアレディも！　それから……スウィ～ト☆ハニーも！　みんなみんな、全員が！」

あらゆる魔法少女チームの途中参加メンバーは、その全員が同一人物。

これこそがクローゼットに隠された秘密だった。

「そんな、まさか……!!　嘘、ですよね……？」

「…………いいや、真実だ」

時として真実は虚構《フイクシヨン》を上回る——とは、やや使い古された言い回しだろうか。

とはいえ、あまりに突拍子《とつぴようし》もなさすぎる。と同時に、ベリーたち共に戦ったかつての同志に対して、あまりに大きすぎる裏切りではあるまいか。

（まさか、そんな……!?　いや、でも、そういえば——）

サクラには、わずかに心当たりが無くもない。

幼稚園の頃、女子たちが話していたのを聞いた憶えがある。『途中参加メンバー』の魔法少女は皆どこか似ている、と。

キャラかぶり、とでも言うべきだろうか。彼女たちには幾つかの共通点があった。

『後から出てきたくせに実戦経験豊富で、なんとなく威張《いば》っている』

『装備や技が他のメンバーと少し異なっていて違和感がある』

それから、これは単なる当時の子供たちの印象で、おそらく異論もあるのだろうが、

『声が、年齢よりも老けている』

当時、サクラの周囲の女の子たちは『キラキラゴールド！だけ声がおばさんくさいよね』と、よく噂《うわさ》をしていたものだ。先述の『途中参加メンバー』たちは皆、異なる声ではあったものの似た傾向を持っていた。それは否定し難《がた》い事実であろう。

もしかすると子供ならではの純真さで、うっすら真相が見えていたのかもしれない。

「……………見ろ」

隠しクローゼットを漁り続けていたベリーだったが、やがて一番奥の引き出しからその装備を見つけて摘《つ》まみ上げる。

「こいつがクローゼットで一番古い装備だ。おそらく、これが彼女の『正体』だろう」

それは、黄色い首飾り《チョーカー》。

小さな花を模《かたど》った金属製の飾りがワンポイントで付いていた。

飾りの部分から、魔力とはやや異なる特異なエネルギーが溢《あふ》れている。

「これって何でしょう？　見た事の無い魔法アイテムですけど……」

サクラは自分が魔法少女になるにあたって、インターネットなどで第三世代の魔法少女について調べていた。装備についても一通り知識を持っているつもりだ。しかし、この首飾り《チョーカー》は、記憶のどれとも一致しない。

戸惑う彼に、ベリーは吐き捨てるように正解を告げた。

「ラブエネルギー元素変換システム。あらゆるイマジネーションを物質化し、また使用者の姿を自在に変える――〝花の騎士ハニーゴールド〟の魔法アイテムだ」

「――!?　第一世代魔法少女の？　冗談ですよね!?」

いや、あり得ない。

スウィ～ト☆ベリーが冗談を言うなど、絶対にあり得ない事だ。

（じゃあ、本当にハニーゴールド？　テレビの『懐かしの映像特集』でよく見る、一九七〇年代の……？）

一九六〇～七〇年代、魔法少女は戦わなかった。

当時は、そういう時代だった。彼女たちは魔法の力を、ご近所のちょっとしたトラブルの解決や、せいぜい事故や災害を喰い止める程度にしか使用しなかった。

ごく一部の例外を除いては。

その例外こそが〝花の騎士ハニーゴールド〟。

米ソ冷戦華やかりし一九七三年、科学と魔法の混じった超技術を駆使して国際犯罪シンジケートと戦った、確認し得《う》る限り日本初の『戦う魔法少女』だ。

「ハニーゴールドは変装の名人だ。このラブエネルギー元素変換システムで、あらゆる姿に変身できる」

だからといってウーパールーパーにまで変装するとは、滑稽《こっけい》や愉快《ゆかい》を通り越して悪趣味とさえ思えたが……。

「そういえば名前も似てますよね？　みんな金色や蜂蜜のイメージというか……。ハニーにゴールド、黄金の騎士……ハッチもそうかな？」

「『戦う魔法少女』の元祖だからな。スウィ～ト☆ハニーやキラキラゴールド！は『ファンなので似たコードネームにした』と公言していた。最初は単独で行動していたのも、その影響だと。しかし、まさかこんな……」

まだ一七歳のサクラには分からなかったが、ベリーたちの世代にとって『ハニーゴールドのファンで影響を受けている』というのは極めて自然な事だったのだろう。そういえば昔見た〝キラキラスターズ！〟のインタビュー番組で、他のメンバーも皆影響を受けている、という話を聞いた気もする。

（……というか、そんな昔の人が正体だから、途中参加メンバーは全員あんな声だったんだな。おばさんみたいな声じゃなくて、実際に結構な歳だったのか）

一九七三年に一〇代だったなら、〝キラキラスターズ！〟で活躍していた頃には三〇代後半から四〇代。現在はさらに一〇年以上経っている。

元素変換システムの力か、見た目は疑いようも無く若かったが……。

「でも……金城《きんじょう》マリーがキラキラゴールド！でスウィ～ト☆ハニーでハニーゴールドなのは分かりましたけど――だとしたら、誰が彼女を？　金城マリーを殺した犯人は誰なんです？」

かつては『通常モード最強』と名高いキラキラゴールド！であり、おしゃれ天使たちの戦闘のお手本であったスウィ～ト☆ハニーであり、怪力で有名なダックさんと互角《ごかく》にやり合ったウーパーさんであり、さらには国際犯罪シンジケートを壊滅《かいめつ》させてソヴィエト連邦のスパイ網に大打撃を与えたハニーゴールドでもあった、この金城マリーを。

変身前とはいえ――いや、むしろ変身させる隙《すき》も与えずに。

どのような力で。

誰が。

如何《いか》なる目的で。

「いったい誰が……？」

「それを調べるのが我々の仕事だ。ただ待っていても答えは出ない」

「それは、そうですが……」

と、ここでちょうど一〇分。警官たちが部屋に戻ってくる時間だ。

二人は事件現場である割れた窓から跳《と》び出して、そのまま夜闇の中へと消えていく。

魔法少女に変身さえしていれば、この程度の高さは『ちょっとした段差』に過ぎないのだから。

「まさに『ウィッチ・イズ・デッド』というやつだ」

「？　何です、それ？」

〝Witch(Which) is dead?〟

一一年前の流行《はや》り歌だ。

# 第三章「もう流行っていないオンナノコたち」

## 1

五年前、ハニー自身も言っていた。
『アタシらみたいなオンナノコは、もうこのごろは流行《はや》らないんだとさ』と。
あの流行歌、そのままだ。

ウィッチ・イズ・デッド（魔法少女は、死んだ）
ウィッチ・イズ・フォールン（魔法少女は、落（堕）ちた）

歌詞の通りの死を遂《と》げた。

＊　＊

時は進み、翌朝七時三二分。

場所は、新宿《しんじゅく》の薄暗い路地裏《ろじうら》。

「ふん……」

日が昇って気温が高くなるせいだろうか。

毎朝この時間帯になると路地裏は、むせ返る程に臭くなる。湿気に埃《ほこり》、野良犬の体臭や放置された生ゴミ。

日は当たらないのに太陽の影響は受けるというのは、皮肉めいたジョークのようだ。

（……やはり、報道されていないか）

そんな路地裏の奥にある隠れ家で、彼女はポータブルテレビの画面を睨んでいた。

チャンネルは7。番組は〝ワイドモーニング・セブン〟。朝の時間帯では『最も公正な報道をお届けする』というのが、この番組の謳《うた》い文句だった。

だが、やはり例の件は報道されていない。

この番組に限らず、他チャンネルのニュースでも。ただ昨夜の第一報と同じく『〝キラキラスターズ〟メンバーと噂《うわさ》されていたファッションモデルが、自宅であるマンションの二〇階から落ちて死んだ』という内容を鸚鵡《おうむ》のように繰り返すのみだった。

この女が七〇年代の冷戦時代に名を馳《は》せた第一世代魔法少女であった事も、第三世代魔法少女チームのあらゆる『途中参加メンバー』が同一人物だった事も、肝心《かんじん》な部分は電波で流れる事は無い。

それどころかマンションの窓が常人の腕力《わんりょく》では割れない強化ガラスであった事にさえ。

新聞もそう。朝刊を片《かた》っ端《ぱし》から漁ったが、やはり結果は同じだった。

（……圧力、だな。こうなると思っていた。ハニーゴールドは普通の魔法少女ではなかったから）

おしゃれ天使スウィ～ト☆ベリーは知っていた。

〝花の騎士ハニーゴールド〟は政府の秘密工作員《エージェント》であった、と。

魔法少女がエージェントになったのか、或《ある》いは超自然的なパワーを持つエージェントが何かの都合で魔法少女を名乗っていたのか、それはベリーには分からない。

だがベリーは今から五年前、一度だけハニーゴールドと会った事があった。

あれは麻薬密売組織との鼬《いたち》ごっこに業《ごう》を煮やしたベリーが、某独裁《どくさい》国家に直接殴《なぐ》り込もうとしていた時だ。その国は国策として大規模に覚醒剤《かくせいざい》を生産・密売しており、スウィ～ト☆ベリーのルールでは罰《ばつ》されるべき悪だった。

だが《おしゃれ☆アンブレラ》で海を渡り、いよいよ国営覚醒剤工場を破壊しようとした彼女の前に現れたのが、かのハニーゴールド。彼女は『これは国家間のデリケートな問題だから』とベリーを制止しに来たのだ。

二時間に及ぶ説得と殴り合いを続けた末、殴り合いは引き分けだったが、ベリーは説得を受け入れた。

（……しかし、実は自分のチームメイトと同一人物だったとは。気づかない私を、陰で笑っていたのかもしれないな）

『——よォ、ベリーちゃん。こうして逢《あ》うのは初めてだけどね、アタシゃあアンタの事、良く知っているんだ』

テレビで観たままのがらっぱち口調でそう言われた時、ベリーは感動さえ覚えたというのに。

ハニーは意外によく喋《しゃべ》る女だった。他にも様々な事を語っていた。

『アンタのやり方は間違ってるよ。そうやって派手にワルモノたちをやっつけるのは、そりゃあ気持ちがいいだろうさ。でも了見《りょうけん》が違うんじゃないかい？　アタシらの活動ってのはもっと人知れず、コソコソ目立たずやるモンだろうに』

『だってアタシらが目立ち過ぎたら、普通の連中が頑張《がんば》る気を無くしちまうだろ？』

『アタシを見な。アタシゃあね、アンタがパパの玉袋でニョロニョロしてる頃から、こうして政府の為に働いてた。けど、いっつも極秘任務だ。誰にも褒《ほ》められた事が無い』

『しかも普通のスパイがやりたがらないキツくて汚くて危険な任務——いわゆる３Ｋ仕事ばっかりさ。東側の核研究所をブッ壊したり、どこぞの革命指導者を暗殺したり。一見正義に反してるかもしれないけど、でも結果として一番平和を守ってるのは、実はこのアタシなんだよ』

『地味で報《むく》われない仕事さ。けど、これこそが本当に正しい魔法少女のありかたなのさ』

『それから、ええと後は……そうそう、アタシのコードネームだけどホントはね、花の名前の〃マリーゴールド〃だったんだ。でも間違ってハニーゴールドと発表しちまってね、そのまま定着しちまったんだよ』

彼女の語る内容は、それなりに耳を傾けるべき部分もあったが、基本的にはいずれも納得出来ないものではあった。しかし——、

『え？　こんな話してどうするかって？　そりゃアつまり——周りをご覧。お喋《しゃべ》りと殴《なぐ》り合いで時間稼ぎをしてる間に、軍隊が集まって来ちまっただろ？　麻薬工場の守りをすっかり固めちまってる。それにアンタも疲《つか》れて、工場ブッ壊す元気が残ってるとは思えない。つまりアタシらの勝負の決着に関係無く、アンタの予定はもう駄目になっちまってるのさ。

ベテランの味さ。喧嘩《けんか》は互角《ごかく》でも頭《ペテン》はアタシが一枚上手ってこったね』

——と、見事な〃交渉《こうしょう》術〃でベリーを説得し、日本へと引き返させた。

確かに彼女が一枚上手だった。その後、件の某国からの覚醒剤《かくせいざい》流入量は三〇％以下にまで縮小した。ハニーの言うところの〃国家間のデリケートなやりとり〃が知らない場所で行われた結果なのだろう。

（いずれにせよ、ハニーゴールドには敵が多い。普通の魔法少女なら、恨《うら》んでいるのは鬼魔《キーマ》だけだ。しかし、あの女にはエージェントとしての敵もいた。今回の一件も他国の諜報《ちょうほう》機関の仕業か、はたまた国内の揉《も》め事か……）

或《あ》いは、魔法少女。

チームメンバーがハニーの変装だったと知って、裏切られたと感じた魔法少女が――。

と、そんなシナリオさえも考えられる。

（『鬼魔《キーマ》の復活』や『何者かによる魔法少女狩り』という線もあり得るか……）

どれほど頭を悩ませようと、容疑者《ようぎしゃ》が絞《しぼ》られる事は無かった。

「さて、と――」

彼女はポータブルテレビをポシェットにしまうと、そのまま隠れ家を後にする。

出撃に際してベリーが決め台詞や呪文を唱える事は無い。玩具《おもちゃ》メーカーのマーケティング部門で考えてくれた名乗り文句は、もう一〇年も使ってなかった。

今や彼女は黙したままでも、おしゃれ天使スウィ～ト☆ベリーであったのだから。

「夜には夜の仕事、昼には昼の仕事、だ……」

ベリーはその後、下水道からＡｑｏｏａ！社――巨大グループ企業であるアクアリウム社のＩＴ部門にあたる会社だ――の地下に潜り込む。地下室ではなく、文字通りの真下の地下に。

そして電話会社の引いた太いケーブルに魔法コンピューターのコードを接続した。

「今すぐ全ての魔法少女の居場所を調べろ。特に第三世代。所属チームに関係無く、判明する限り片《かた》っ端《ぱし》からリストにするんだ。それと『どのタイミングで会いに行くのが最適か』も計算しろ」

「リョウカイ、オ答エシマス……」

こんな雑な方法でハッキングが可能となるのは、彼女のコンピューター《おしゃれ☆ワードプロセッサー》が魔法で造られた天使アイテムだからに他ならない。

電子音声の報告を聞きながら、ベリーは朝食を頬《ほお》張った。

いつものメニューだ。ツナの缶詰めとチョコレートバー。ツナ缶は十徳ナイフのフォークで食べる。

周囲には下水の悪臭《あくしゅう》が立ち込めていたが、それだっていつもの事。

為《な》すべき事の為なら必要なリスクだ、とスウィ～ト☆ベリーは考えていた。

＊　＊

やはり午前七時三二分。

「すぅ～っ……」

ここは杉並区の住宅街。

金城《きんじょう》マリーの死亡現場に比べ、広さは半分程度、賃料に至《いた》っては一〇分の一前後であろう賃貸マンション。その八階。

四畳の子供部屋で眠る彼は、今は〝魔法少女の弟子〟サクラではない。ただの高校生、佐倉《さくら》慎壱《しんいち》に過ぎなかった。その普通の一七歳である佐倉は――、

「おーーーーきーーーーろーーーーーーっ！」

と、素《す》っ頓狂《とんきょう》な声で起こされる。

「うわあああっ!?　奈々《なな》、デカい声で起こすなよ！　びっくりするから、やめてって言ってるのにさ！」

「だったら自分で起きればいいでしょ？　あんた、このままじゃ遅刻よ。起こしてやったんだから感謝なさい」

「わかったよ、もう……」

毎朝、隣の奈々は佐倉家に来て朝食を摂《と》る。

その際、佐倉慎壱少年が寝坊していたら彼女が乱暴に叩き起こす。

これは七歳の頃から一〇年近く続いている習慣だ。

宇佐美《うさみ》家が越してきたばかりの頃、母親は半《なか》ばノイローゼで育児《いくじ》放棄《ほうき》、父親は家に寄りつかない――そんな状態だった為、あの家では誰も朝食を作る事が無かった。見かねた佐倉家の母親は奈々の朝食も用意するようになり、それ以来ずっと奈々は隣家で朝食を食べるようになっている。寝坊した佐倉少年を起こすのは、もともとはそのお礼代わりのお手伝いだった。

「でもさ、もうちょっとだけ……もう三分だけ寝かせてくれよ。昨夜、遅かったの知ってるだ

ろ?」

「うるさい! 言い訳すんな! ほら、さっさと起きる!」

「やれやれ……」

ふああ、と大きく欠伸《あくび》をしながら、少年は布団から這《は》い出す。

昨夜は、就寝が普段よりもだいぶ遅かった。

布団に入ったのは深夜の二時。眠って寝息を吐いたのは、さらに三〇分は後だろう。

無論、魔法少女活動が原因だ。

少年とベリーは事件現場のマンションを去った後、警視庁の遺体《いたい》保管室にも忍び込み、検死の途中だった金城《きんじょう》マリーの遺体を調べてきた。

いや、もっとも実際に死体を調べたのはベリー一人で、佐倉《さくら》少年は部屋の外で見張りをしていただけだったが。

『グロテスクな死体を見せたくない』という配慮《はいりょ》だったのだろう。子供扱いされたのは不満だが、死体を見たかったわけではないので丁度良いと言えば丁度良い。二〇階から落ちた死体なんて見ていたら、何ヶ月もハンバーグが食べれなくなっていたに違いない。

ともあれ少年が帰ってきて奈々《なな》に《マジかるコロン《ステッキ》》を返したのは真夜中の一時過ぎ。両親には奈々が上手く誤魔化《ごまか》してくれていたようで、深夜に帰宅した事についてはあまり叱《しか》られずに済んだ。

（一体、どんな言い訳したんだろうな？　上手い事言ってくれたのは助かるけど、あんまり変な事言われたら、それはそれで後が困る……）

「ボーッとしないでシャキっとする！」

「わかってるってば。まったく……こんな風に勝手に男の部屋に入ってくる女子って、どうなんだろう？　僕なんか、まだパジャマなのにさ。互いの親に『僕らが付き合ってる』って勘違《かんちが》いされたらどうするんだよ？」

「か、勘違いって……!!　バーカ！　バーカ！　このバーカ！」

奈々は床に落ちていたクッションを拾い上げると、そのまま佐倉少年に向けて勢い良く投げつけた。

顔にぼふっと命中したので、いくらクッションでも割と痛い。つまりは『そのくらい怒っている』という事なんだろう。顔も耳まで真っ赤にしていた。

「いっちょまえの事、言ってんじゃないわよ！　佐倉のクセに生意気なんだから！　このバーカバーカバーカ！　いいから早く仕度！　学校に遅れるじゃないの！」

「わかったよ……」

（『生意気だから』なんて怒り方があるかよ……。一瞬、照れて真っ赤になったから、その照れ隠しで怒ってるのか――でなければ『奈々的にはとっくに僕と付き合ってる気でいたのに〝勘違い〟って言われたから怒った』のかと思った。でも、そうじゃなくって、ただ普通に怒っていただけか……）

それはそれで気が楽だ。

佐倉《さくら》少年が好きなのは、この怒りっぽい幼馴染みではなく、あの大人っぽい世界最後の魔法少女なのだから。

「ああ、そうそう、今夜もステッキ借りるけど、また夜遅くなると思うんだ。だからウチの親への言い訳を――」

「無理」

「無理？　無理って何だよ？　意地悪言わないで、言い訳くらい協力してくれよ」

「言い訳じゃなくって『今夜もステッキ借りるけど』の方が無理なの。わたし、今日は用事あるから。学校から直《ちょく》で出かけて、そのまま遅くまで帰って来ないの。もしかすると泊まって来るかもしんないわ」

「そんな、困るよ……」

「あら、わたしがお泊りで出かけるのがそんなに困る？　どこ行くか気になるの？」

「そうじゃないよ、ヘンな冗談やめろってば。前後の文脈から分かるだろ。奈々《なな》が出かけたら、どうやって僕は変身すればいいんだよ。今夜は大事な捜査《そうさ》だから、絶対来てくれってベリーに言われてるのに……」

「…………」

「そうだ！　だったら今のうちにステッキ貸してくれよ！　それならいいだろ」

「…………………」

「ねえ、そうしようよ。貸してくれよ」

「イ・ヤ！」

奈々《なな》はわざわざ佐倉少年の耳もとに口を近づけてから『嫌』と大声で怒鳴りつけた。ご丁寧《ていねい》にも、一音ずつ区切って。鼓膜《こまく》がびっくりして震えたし、唾液《だえき》が何滴か耳の穴に入った気もする。

だが、それ以前に少年にとっては、ステッキの件を断られた方がショックだった。

「なんでそんなに嫌がるんだよ……？」

「嫌なもんは嫌なの！　わたしのお姉ちゃんのステッキなんだから、わたしがどうしようと勝手でしょ」

「それはそうだけどさ……じゃあ、ベランダから部屋に入って机の引き出しから借りてってていいかい？　今のうちに引き出しの鍵《かぎ》だけ預ってってさ」

「ん～……」

「ねっ？　お願い！　この通り！　現社のレポートの宿題、代わりにやるから！」

「……そこまで言うなら、貸してもいいけど」

「やった！」

「でも鍵《かぎ》は貸さないわ。無用心《ぶようじん》だもの。鍵はタンスに隠してあるから、勝手に開けて持ってきなさいよ」

「うん、わかった！　ありがとう！」

佐倉《さくら》少年には、鍵を貸すよりそっちの方が無用心にも思えたが、しかし機嫌を損ねたくないので、それについては黙っておいた。

「黄色いタンスの一番下の段に隠してあるわ。一応言っとくけど、ドサクサでパンツとか盗むんじゃないわよ？」

「ぬ、盗まないよ、そんなもん！」

そんなに心配なら、やっぱり鍵を貸してくれればいいのに。

少年は口には出さずにそう思った。

この後、二人は朝食を食べてから学校へ向かう。

メニューは、レタスとソーセージを添えた目玉焼きに、茄子《なす》の味噌汁。主食は茶碗に盛ったお米のご飯。

和風だか洋風だか、はっきりとしない朝食だ。味も大した事は無い。

だが母親が作ったこの朝食は、ある意味リアルな『日常』そのもの。かつてスウィ～ト☆べリーたちが戦ってまで守ろうとしたものの一つ――少なくとも、その象徴の一つではあった。

佐倉慎壱《さくらしんいち》こと〝魔法少女の弟子〟サクラは、まだそれを理解していない。

もしかすると彼の師であるベリーでさえも……。

2

さらに一〇時間ほど時は進み、時計は一八時二六分。

夕暮れ。

太陽は、ほぼ沈みかけ。この時間特有の赤黒い不吉な日差しが、ガラスサッシから差し込む中で――、

(奈々《あいつ》のパンツって白ばっかりだな……。清純派でも気取ってるのかな？)

佐倉少年は、隣家のタンスを漁っていた。

それも下着の段を。

(なんなんだよ、まったく。こんなところ人に見られたら、なんにも言い訳できないじゃないか。どう見たってパンツ盗んでるようにしか見えないしさ)

もちろん本当に下着を漁っているわけではない。

彼が漁っているのは、タンスに隠してある鍵。机の引き出しを開ける鍵《かぎ》だ。

(なんでパンツの段に隠すんだよ……。ていうか、なんでパンツの段に隠したのに、僕に『勝

手に開けろ』なんて言うんだよ！　奈々《なな》のやつ、僕にパンツ盗ませようと誘惑でもしてる気なのか？）

先述のように奈々の下着はほとんどが白だったが、ワンポイントでリボンやフリルが付いたものも多かったし、白以外のものも全く無いわけではなかった。

喩《たと》えば、漫画っぽいブルーの縞《しま》模様や、どんな時に履《は》くつもりなのかは不明だが、大人っぽい黒の上下。

そんな下着の山の中に手を突っ込んで、ふんわりコットンやすべすべナイロンの感触を感じながらまさぐるだなんて！

あまりに衝撃的な体験だ。

少年は心臓をばくばく鳴りっぱなしにさせながら、数分後——やっと鍵を発見した。

「よかった、あった……!!

くるくるコロろん　マジかるアップ！　マジかる　ラビかる　ココろコロン　ラみカル　ミミかる　みミコろろン♪　魔法少女サクラ　恋に魔法に大いそがし☆」

佐倉慎壱は早口で変身すると、そのままベランダの窓から跳《と》び去って行く。

女装も決め台詞も相変わらず恥ずかしかったが、しかし下着に手を突っ込んでかき回すよりは全然ましだ。

空は今、ちょうど日が沈んだ瞬間。

まだ赤みを残した薄闇《うすやみ》の中を、彼は人目を忍んで駆けていく。

(初めてだな、こんな早い時間に出動なんて……)

だが、これも師であるベリーの指示。『今日は日没直後に集合』と少年の携帯電話に、ベリーの魔法携帯電話《おしゃれ☆ピッチ》から連絡があった為だった。

(今日はよっぽどたくさん、やる事があるんだろうな……)

〝魔法少女の弟子〟サクラにとっては望むところだ。自然と胸は高鳴ってくる。鍵《かぎ》を探してた時とは異なる、心地の良い高鳴りだった。


「ベリー、僕です!」

「……来たか、サクラ」

いつもの集合場所。アクアリウムタワービルの建設現場の展望台。

夢見るおしゃれ天使スウィ〜ト☆ベリーは、いつものように立っていた。

早い時間だからか、目立たないよう昨日と同じコートを羽織って。

普段より陰鬱《いんうつ》そうに見えるのは、おそらくサクラの気のせいだろう。昨日の事件を知っているから、それでそう感じるだけに違いない。

「……サクラは〝キラキラスターズ!〟のファンだったたな?」

「え……っ? それは、まあ……でも、当時の子供はだいたいそうでしたし、それに一〇年以上昔の話ですよ？」

「どうして弁明めいた口調になる？　私に気を遣う必要は無い。当時のお前が余所《よそ》のチームのファンでも私には関係無いし、逆に〝魔法のスウィ～トおしゃれ天使〟のファンだったとしても私が喜ぶ事は無い。それこそ一〇年以上昔の話だ」

「それは、そうでしょうけど……」

申し訳なさそうにするサクラを横目に、ベリーは足元を――アクアリウム社新社屋ビルであるところのアクアリウムタワービル（建設中）をブーツの踵で、かつん、と蹴った。

「会わせてやるぞ」

「…………誰に、です？」

〝魔法のアイドル戦士キラキラスターズ！〟のメンバーに、だ。

＊　　＊

「…………あら？」

新宿《しんじゅく》の高層ビル街。

新社屋となるアクアリウムタワービルの建設現場から、ほんの徒歩五分の場所に、アクアリウム社の現本社ビルはあった。

通称、アクアビル。

新社屋ビルの建設開始以後は『旧アクアビル』と呼ばれている。三八階建てで新社屋のタワーと比較すれば小ぶりだったが、決して小さい建物ではない。

この建物の最上階は、わずか一〇年でこのグループを築き上げた若き天才社長の為の豪奢《ごうしゃ》なオフィスとなっていた。

「海音寺《かいおんじ》さん、悪いのですけど……ゴミ箱がいっぱいになっているのが気になって仕方無いのです」

「それではすぐに清掃の者を――」

「いえ、今すぐ捨てて来てくださいません？」

「はあ……」

社長秘書の海音寺は見た目こそいかにも知的なタイプの美人ではあったものの、しかし実際にはそれほど優秀な秘書というわけでもない。むしろ無能の範疇《はんちゅう》に属している。

しかし、さすがに二年も此処《ここ》で働いていれば今の会話だけで
『地下のゴミ捨て場まで往復する約一〇分間、一人きりにしてほしい』

『それについて詳細を詮索《せんさく》しないでほしい』

という言外《げんがい》の意味を理解し、実行する程度の能力は備わっていた。

「分かりました。行ってまいります」

「よろしく……」

若き代表取締役社長は、自分の秘書がゴミ袋を抱えて部屋から去ったのを確認すると――。

「……それで、お二人とも――」

窓に向かって声を掛けた。

外に居た二人の魔法少女に。

「いったい、どのような御用件でしょうか？」

「そうだな、まずは窓を開けてもらいたい。でなければ箒《ほうき》と塵取《ちりとり》の用意だ」

この『でなければ箒と塵取の用意だ』というのは『開けなければ窓を割って入る（ガラスを掃除する必要があるぞ）』という意味だ。『箒』の部分が魔女を連想させるので、気の利いた言い回しと言えるかもしれない。

いずれにせよ、窓は開いた。

高い天井の広い空間。

最上階のワンフロアほぼ丸ごとが、彼女一人のオフィスだった。残りはエレベーターホールと秘書用のスペース、それからトイレがある程度。本来不要な広さであったが、これは基本倹約家である彼女にとってのささやかな個人的贅沢《ぜいたく》。経営者としてぎりぎり許される範囲でのわがままだ。

壁際には巨大な水槽の中で色とりどりの熱帯魚が舞っており、社名の由来である水族館《アクアリウム》のよう。他にも鯨《くじら》の置き物や、イクチオサウルスの化石のレプリカなど、様々な水棲《すいせい》生物で部屋は飾り立てられている。

そんなオフィスで、部屋の主は秘密の客たちと会っていた。

「この時間ならオフィスに居ると《おしゃれ☆ワードプロセッサー》が教えてくれた」

「やはり貴方でしたか……。今朝、Ａｑｏｏａ！のメインサーバに強引なアクセスをしたでしょう？　プログラマーたちが泣いていましたよ」

日本有数の巨大グループ企業、アクアリウム社。

その創設者でもある代表取締役社長が二〇代の女性であるのは、少しでもニュースを見る人間なら誰でも知っている有名な話だ。

水城宇美《みずきうみ》、二六歳。

人呼んで『世界一賢い少女』。

今から一〇年前、わずか一七歳の時に会社を起こし、その名声とＩＱ三〇〇とも言われる頭脳を活用する事で、瞬《またた》く間にこの巨大企業を築き上げた。

誰もが認める『天才』であり『経営の魔法使い』『財界の魔女』とも呼ばれた女だ。

そして彼女がかつて、もう一つ有名な異名を持っていたというのも誰もが知る常識だった。

それは、青き水のアイドル戦士キラキラアクア！。

〝魔法のアイドル戦士キラキラスターズ！〟のメンバーで、チームの頭脳とも言える知性派戦士だ。〝キラキラスターズ〟のアイドル戦士は皆、星の守護者と呼ばれる亜神《あじん》たちの生まれ変わりだったが、アクア！は『水星の守護者』の転生にあたる。

彼女の魔法少女デビューは一五年前の一九九二年で、その当時は一四歳。現在の二六歳という年齢は計算が合わないように思えるだろう。しかし、それはチームメイトの使った魔法の影響であり、一旦《いったん》破壊された地球を時間ごと再生させるという大技の結果だった。

（すごいや、キラキラアクア！だ……!!　本物だ！）

ちなみに子供たちの間では、リーダーのキラキラジュエル！を抜いて一番人気のアイドル戦士――いや、世界で一番人気のある魔法少女でもあった。魔法少女専門誌の人気ランキングでも一位から揺《ゆ》らいだ事は無い。

「スウィ～ト☆ベリー、ご無沙汰《ぶさた》ですね。マジかるウサミーの告別式以来でしょうか」

「確か、その筈《はず》だ。私はよく憶えていないが、世界一賢い少女がそう言うなら、きっとそれで正しいんだろう」

「まあ……」

意図的なものかどうかは不明だったが、どことなく棘《とげ》のある言い回しだ。

（……ベリーってば、わざと怒らせようとしてるのかな？　それとも、もとからあんまり仲が良くなかったのかな？）

　そもそも、もとアクア！の水城《みずき》はベリーよりも年上で、魔法少女活動だけでも四年も先輩にあたる。なのに敬語は彼女が一方的に使っているとは。

　さすがに気分を害したらしい。水城の語調は丁寧《ていねい》なままながらも、わずかに棘《とげ》が混ざり始めた。

「さすがに二〇代の身で『少女』と呼ばれて喜ぶほど図々《ずうずう》しくはありません。『賢い』の方も世間が勝手にそう呼んでいただけですし、私自身としてはあのキャッチフレーズは好きではありませんでした。それでスウィ～ト☆ベリー、本日の御用件は？　金城《きんじょう》マリーさん絡みの件なのは、ある程度想像がついておりますが」

「察しがいいな」

「昔は世界一賢いと言われてましたので」

　あてこすりのつもりか、自ら例のフレーズを口にした。

「それに、テレビを見ない私でも新聞くらいは読んでいます。確かに亡くなった金城マリーさんはチームメイトのキラキラゴールド！でした。噂《うわさ》は正しかったんです」

「では、私のチームメイト、スウィ～ト☆ハニーだった事は知っていたか？　第一世代魔法少女の〝花の騎士ハニーゴールド〟だった事は？」

「…………いいえ」

　――ブブーッ！

水城が「いいえ」と否定した瞬間、サクラが両手に抱えていた機械が耳障りなブザーを鳴らした。

「今のは?」

「《マジかるウソ発見機》。私の助手が魔法で出した。従って、今のお前の発言は嘘だ」

「ああ……分かりました、正直に言いましょう。金城マリー――マリーちゃんの『本当の正体』も、変装して余所《よそ》の魔法少女チームを掛け持ちしてた事も、私は全部知っていました。初対面から三日後には見抜いていたのです。でも本人に頼まれて。今まで誰にも言わないでいました。他のチームメイトにもね」

今度は、鳴らない。真実らしい。

『世界一賢い』と呼ばれた彼女ならチームメイトの秘密を見抜き、その上で沈黙する事くらい、さほど難しい事では無いのだろう。

「アクア!――我々は金城《ハニーゴールド》マリー殺しの犯人を追っている。この事件の裏には最悪『鬼魔《キーマ》の復活』や『何者かによる連続魔法少女狩り』という線さえあり得ると私は考えている。何か〝重大な危機〟が迫っているのではないか、とな。お前の意見を聞きたい」

「意見、と言われましても……。どちらかと言えば、政治的暗殺を疑うべきでは? 彼女が政府の秘密工作員をやっていたのはご存知ですか」

「知っている。だが、魔法少女で秘密工作員だぞ? そう簡単に殺せるとは思えん」

「それは、そうかもしれませんが……しかし私には鬼魔《キーマ》の復活や魔法少女狩りよりも、余程可能性の高い話に思えるのです。特に、鬼魔《キーマ》復活だなんて。失礼ながら貴方の願望が入っているような……」

「願望だと？」

「ええ。パラノイアの願望です。再び魔法少女活動が合法化される世の中が来て欲しいと、そう望む心理が突拍子《とっぴょうし》も無い考えに走らせているのです」

「何が願望なものか。むしろ政治的暗殺こそがお前の願望だろう？　一〇年前の四月、お前は『魔法少女の役割は終わった』と演説し、それが魔法少女は非合法化の原因の一つとなった。今さら『やはり魔法少女は必要でした』と発言を撤回する羽目になるのを恐れているんだ」

「………………」

それまでも二人の仲は良好なものとは言い難かった。しかし、この瞬間、関係は完全に決裂したと言っていいだろう。

もとアクア！こと水城《みずき》は、少しだけその感情を露《あら》わにした。

「スウィ〜ト☆ベリー……貴方と私は親友ではありませんでしたが、しかし今の物言いは公正とは思えません」

「ほう？」

「魔法少女の規制は当時の世の中にとって必然的な流れでした。私はその流れを読んだだけです。世間がどう言っていようと、あの引退演説と〝魔法少女禁止法〟は無関係……私が規制を望んだわけでもなく、逆に私が黙っていても規制されていた筈《はず》ですなのですから。だからこそ私は誰からも強要される事なく自ら引退したのですよ。禁止法の四ヶ月も前にね」

「ああ、いい判断だったな。ともかくも『警告』はしたぞ。危機が迫っているかもしれない、と。お前が『もと世界一賢い少女』にならないようにと思ってな。……行くぞ、サクラ」

「は……はいっ！」

「そうだアクア！、さっきの女ももと魔法少女だな？　少し話をさせてもらうぞ」

「どうぞ、ご自由に。ところでスウィ～ト☆ベリー、最後に一つだけ訊《き》きたい事――いいえ、言いたい事があります。貴方の連れている、その助手ですが……」

＊　＊

「あの……もしかして仲、悪いんですか？」

サクラは我慢できずに質問してしまったが、口に出した直後に後悔した。

こんなの聞く必要の無い質問だ。

「良くは、ない。もとから〝キラキラスターズ！〟は他のチームと関係が良好ではなかったし、それにアクア！は私を嫌っている」

「逆じゃなくて？　ベリーがアクア！を嫌いなんじゃなくってですか？」

「そうだ。奴は私を嫌っている。非合法で活動を続ける私に対して、新聞で非難声明と自首の勧告をした。それも二度もだ。今日も大人しく会ってくれるとは思ってなかった」

「そうですか……」

（……ベリーはそう言ってるけど、本当はどうなんだろう？　やっぱりアクア！の演説のせいで魔法少女が規制されたと思ってて、それで彼女の事を恨《うら》んでいるんじゃ？　少なくともアクア！はそう疑ってる感じだったような……）

だがサクラはこれ以上詳しく訊《たず》ねず、ベリーもこの件については自ら語る事は無かった。

やがて二人は黙したまま、ビルのエレベーターシャフトの中を飛び降り――、
どすっ、どすっ
と、作動中のエレベーターの屋根に飛び降りる。

やや乱暴に。わざと。

センサーが反応して、非常停止するように。

ベリーとサクラは、停止したエレベーターの天井を外からこじ開け、中へと押し入る。

エレベーターの中には、驚いた拍子《ひょうし》に撒《ま》き散らしてしまったゴミ袋の中身と、二〇代後半の美人秘書。

「〝キラキラスター・トリニティーズ！〟のキラキラレディー・コバルト！だな？　人の見て

いないところで話がしたい」

「――――っ!? スウィ～ト☆ベリー……!! そう、社長のお客は貴方だったのね。あの人は私の仕事ぶりをアテにしていないから、大事な案件の時は私を部屋から追い出すけど――驚いたわ。まさか、おしゃれ天使と会ってたなんて」

「ああ、まだ世界に驚異《おどろき》は残っている。話を聞かせてもらおうか」

〝星の守護者キラキラスター・トリニティーズ！〟の三人は〝魔法のアイドル戦士キラキラスターズ！〟のサブメンバーであり、異世界の脅威《きょうい》から太陽系を守るガーディアンだ。

ただし魔力《パワー》の由来は〝キラキラスターズ！〟と同じでも、実質的には別個に活動をする独立した魔法少女チームだったと言っていい。やや距離感のある同盟チームといったところか。

そして彼女は、遠き海の王キラキラレディー・コバルト！。

本名、海音寺《かいおんじ》うしお。二七歳。

彼女はもとは有名な少女ピアニストだった。そうサクラは聞いている。

しかし、どうやらピアノでは大成しなかったらしく、今では当時のコネでアクアリウム社の社員となっていた。無論、大企業の社長秘書というものは、ピアニストに匹敵《ひってき》する『憧《あこが》れの職業』なのではあるが……。

「コバルト！、昔の仲間たちはどうしている？」

もとコバルト！は、エレベーター内に散らかったゴミを拾いながらベリーに答えた。

「さあ、知らないわ……。もう何年も連絡を取ってないもの」

「キラキラレディー・ウラニウム！ともか？　現役時代は同性愛嗜好者《レズビアン》だとデマを飛ばされる程の仲だったろう」

「…………いいえ」

「…………？　何が『いいえ』だ？」

「デマじゃないわ。実際にレズビアンだったのよ。でも、あいつが新しい女を見つけて出ていったから……」

「そ、そうか……」

珍しくベリーが狼狽《うろた》えていたので、サクラはちょっとだけ驚いた。

レアな表情が見れて、得した気分だ。

（なるほど、まだ世界に驚異は残っているな……）

「ところでスウィ～ト☆ベリー……テレビで見た時から気になっていたのだけれど、貴方の弟子って、もしかして——」

＊　　　＊

秘書であるもとコバルト！にもアクア！にしたのと同様の『警告』をして、ベリーたちは次へと急ぐ。

どうやらベリーは今晩中に、魔法少女たちのうち居場所の分かる者に、片《かた》っ端《ぱし》からコンタクトを取る気のようだ。

「次は、どこです？　また〝キラキラスターズ！〟のメンバーですか？」

「いいや、今度は違う。だが『有名人』だ」


時計は、夜の九時〇七分。

六本木《ろっぽんぎ》にあるテレビ局、チャンネル7。

その正面出入り口前。タクシー乗り場。

「お台場《だいば》までやってちょうだい」

作家でありテレビコメンテーターでもある御堂《みどう》シーナは、他局の深夜ニュースに出演すべく停まっていたタクシーに乗り込んだ。

シーナにとっては金城《きんじょう》マリーさまさま、そして犯人さまさまだ。あの女が死んでくれたおかげで仕事の依頼が次々と舞い込んで来ている。

もしかすると、このネタでまた本が一冊出せるかもしれない。タイトルは「魔女と疑われた女」だ。上手く行けば往年のヒット作「魔法少女の真実」以来の部数を……。

「ごめんなさい……。その――僕、実は運転なんて出来ないんです。免許ないから……このタクシーは偽物ですし、僕もただの変装なんです」

「――？　何ですって？」

タクシー運転手の言葉の意味を、彼女は理解する事が出来なかった。

彼女の後から、トレンチコートの女が乗り込んで来るまでは。

「すまんが相乗りさせてもらおうか」

「ス、スウィ～ト☆ベリー⁉　じゃあ、これは魔法――⁉」

そう。

この運転手はサクラが《マジかるコロロン《ステッキ》》の魔力で変身した姿であったし、タクシーも魔法で作ったもの――半実体化した幻だった。

「久しぶりだな、御堂《みどう》シーナ。〝ワイドモーニング・セブン〟は観ているぞ。お前の出ている木曜日が一番面白い。報道に特に深みがある」

「それは、どうも……」

御堂シーナは作家でありテレビコメンテーターであり、そして『魔法少女研究家』。

さらには『もと魔法少女』。

〝幻想剣士《マジックソード》スターレットガールズ〟のメンバーで、赤の幻想剣士《マジックソード》として異世界オデッセイを救った女子中学生だ。

オデッセイに渡った少女は三人だったが、一人は現地の少年と恋に落ち、もう一人は異世界にとって重要な役割を担ってしまった為に、それぞれ地球への帰還を拒み、戻って来たのはこの御堂シーナただ一人だった。

その後、異世界での活躍を書いた「譲《ゆず》れない願い　～私はいかに剣と魔法の異世界を旅したか～」「新・譲れない願い　～さらなる異世界の侵略と、願いの柱～」や、帰還後の他チームの魔法使いとの交流を書いた「魔法少女の素顔」、その続編であり暴露《ばくろ》本としての意味合いの強い「魔法少女の真実」といった本を出版。本にテレビにと様々な活躍を続けていた。

ベリーは活動当時には彼女と面識は無かったが、去年と一昨年に例の〝ワイドモーニング・セブン〟で電話インタビューを受けた事が二度ほどあった。

「ベリー――もしかして仕返しに来た？　怒ってるの？　まさか、まだ「魔法少女の真実」の事で……？　でも、あれはもう七年も昔の本よ？　もともと半分以上ゴーストライターが書いたんだし………それとも先月、貴方の自警活動について『やり過ぎ』ってコメントした事⁉　けど、まだ一五歳の子供の両手足をへし折って渋谷《しぶや》の交差点の真ん中に投げ込むのは、誰が見たって――」

「いいや、そんな話ではない。今日は金城《きんじょう》マリーの件で来た」

「金城さんの……？」

「そうだ。『魔法少女研究家』であり『業界一の事情通』を名乗るお前の意見を聞きたい」

どちらもテレビに出る時の謳《うた》い文句だ。

「あの人とは何度か会った事があるけれど……でも、キラキラゴールド！じゃないわ。出版社のパーティーの二次会で話した時、違うと自分で言っていたもの。ただ偶然噂《うわさ》になって、目立ちたいから否定しないでいただけだって。警察の人もそう言ってたわ」

「………そうか」

「そうよ！　インターネットではいろいろ馬鹿みたいな噂が飛び交ってるけど、これが真相よ。私が言うんだから間違い無いわ。だから昨日の事件も強盗か何かの仕業よ。私、この業界の事なら何でも知っているんだから」

サクラは膝に《マジかるウソ発見機》を抱えていたが、ブザーは鳴らないままだった。

どうやら、これが彼女の知っている全ての情報《シーナ》であり、彼女の視点ではこれが真相なのだろう。『事情通』を名乗っていても真実に近づいているわけではないし、むしろ彼女の言うところの『インターネットの馬鹿みたいな噂』の方が現実に近かった。

彼女は、何も知らない。

ただ、それだけだ。

「……一応『警告』してやろう。私はこの事件は魔法少女全てに迫る新たな危機ではないかと考えている。だからお前も注意するがいい。もしタクシーの運転手が鬼魔《キーマ》だったらお前は今ごろ《キレイなココロ《ブリリアントハート》》を奪われていた。

それから渋谷《しぶや》の件もやり過ぎとは思っていない。あの女は自分の女子高で粗悪なドラッグを売り捌《さば》き、二九人を病院送りにした。お前は『まだ一五歳の子供』と言っていたが、一五歳はとっくに地球を救える年齢だ。自分の行動に責任を取るべきだろう。

我々魔法少女が守りたかった世界は、麻薬の売人が暢気《のんき》に学校に通う世界じゃない」

「わ、分かったわ、ごめんなさい。ところで——ずっと気になっていた事、質問してもいいかしら？　貴方が良ければでいいのだけれど、そこのお弟子さんの事で……」

「言ってみろ」

「どうして〝マジかるウサミ―SOS〟を連れてるの⁉　いつ生き返ったのよ！」

また同じ質問だ。

＊　　　＊

『魔法少女が守りたかった世界は、麻薬の売人が暢気に学校に通う世界じゃない』

このフレーズは、前も何処《どこ》かで聞いた気がする——と、サクラは思った。

確か、テレビだ。一、二年前。

それこそ朝のワイドショー〝ワイドモーニング・セブン〟ではなかったろうか。

さっきの御堂《みどう》シーナによる電話インタビューだ。

ベリーは『我々が守った世界は、人殺しの暴力団員が朝からステーキを食べる世界じゃない』と言い放ち、さっきの御堂シーナは『世界を守った一員だからと言って、世界が自分の物だと思う権利は無い』と応えた。

その時はサクラも御堂シーナが正しいと感じたし、そのやりとりで彼女は株を上げ〝ワイドモーニング・セブン〟のレギュラーコメンテーターの座を勝ち得たというわけだ。

ただサクラもその頃より大人になり、また実際に犯罪に巻き込まれたり、ここ数日ベリーの助手として街の様々な汚い光景を見た事もあって、今では

『——やはりベリーの方が正しいのだろうな』

と思うようになっていた。

少なくとも、ベリーの気持ちは理解が出来る。

今のサクラよりずっと年下の女の子たちが命と青春を賭《か》けて戦ったのだ。世界はそれに見合う価値を持つ義務がある。

少なくとも、その子たちが世界を愛する心と同じ程度には、美しく純粋であるべきだ。

ただの理想論《べきである》なのは分かっていたが……。

「ベリー、次はどこに？」

「…………そうだな、次は——」

ベリーにとって、次は『一番会いたくない相手』だそうだ。

3

視点は、変わる。

時計は、午後一時少し前。

佐倉《さくら》や奈々《なな》の住むマンションから直線距離三キロちょっと。自転車で一五分ほどの位置にある閑静《かんせい》な住宅街。

スーパーマーケットやコンビニは少ないものの、代わりに喫茶店やイタリア料理店、輸入雑貨店といった小洒落《こじゃれ》た店が建ち並ぶ、ちょっとだけ気取った町——そんな中に真白正幸《ましろまさゆき》・里子《さとこ》夫妻の家はあった。

白い壁とアーチ型の出窓、三角の屋根という、やや少女趣味の入った家だ。町の雰囲気とよく合っている。

「奈々ちゃん、お紅茶もう一杯いかが？　このお茶、美味しいでしょう。正幸《ゆっきー》さんの実家から貰《もら》ったのよ」

「それじゃあ、もう一杯だけ……」

その真白家に、宇佐美《うさみ》奈々は遊びに来ていた。

ここの夫婦とは、もう何年も前からの友人だ。

夫婦とも二四歳で、一七歳の奈々《なな》とは随分歳が離れていたものの、しかし妻である真白里子《ましろさとこ》とは特に仲が良く、親友と言ってもいい間柄。

里子は今日のように夫が出張で留守の日などは、よく退屈凌《たいくつしの》ぎを兼ねて奈々を家へと招待し、食事やお茶、クラシック鑑賞などをして時間を過ごしていたものだった。

やや上品過ぎるきらいもあるが、しかし里子は見るからに『上品な奥様』であり、気障《きざ》ったらしさは感じられない。

昔と随分変わったものだ。

時々、奈々は笑いそうになる。奈々が初めて会った時、里子はまだ一〇代。当時はボーイッシュで快活な——悪く言えばがさつな少女だった。当時を思い出すと笑ってしまいそうになり、実際急に笑い出してしまった事も一度や二度ではない。

そんな時は里子と二人でたっぷり三〇分はただずっと笑い転げ続けるものだった。

「それで、奈々ちゃん——」

里子はカップに紅茶を注ぎながら、柔らかな調子で問い掛ける。

あくまでソフトに。優しく。

今まさにカップから立ち昇る、紅茶の香りのような柔和《にゆうわ》さで。

「何を悩んでいるの？」

口当たりは柔らかだが、内容そのものはストレート。それもティーカップの中身と同じ。

この距離感は奈々にとっては心地良い。

「……悩んでるの、分かっちゃう？」

「ええ、当然よ。あたしたちの仲じゃないの。これは、そう……恋の悩みでしょ？」

「………………」

奈々は俯《うつむ》いたまま黙っていたが、これはＹＥＳの意味になる。

「例の、お隣の男の子ね？」

「……うん」

宇佐美《うさみ》奈々にとって里子は『大人の親友』であり、大事な相談相手でもあった。

奈々の両親が小三の時に離婚した為、彼女には母親が居ない。でありながら彼女がそれを気にせず日々を過ごす事が出来るのは、幼児期の子供にとって必要な『与える母親』の成分を隣家の佐倉《さくら》の母が補い、思春期の少女にとって必要な『相談相手としての母親』の成分をこの真白里子が補ってくれたからだろう。

一〇歳の時『どうやら自分は佐倉少年が好きらしい』と最初に相談した相手もこの里子。彼と同じ高校に入れるよう勉強を見てくれたのもこの里子だった。

そんな里子なら『奈々が今、恋愛関連の事で悩んでいる』という事くらい、一目で見抜けるのも頷《うなず》ける。

「でもね、里子さん――普通の恋愛関係じゃなくって、もっと複雑な事情があるの……。というか、ほんとは恋愛の悩みじゃないのかも。もっと複雑で大事な悩みというか…………絶対に秘密の悩みなんだけど……」

「まあ……」

本当に話してしまってもいいのだろうか？　自分だけの秘密にしておくべきではないのか？

ここまで来ても、奈々《なな》はまだ思いあぐねていた。

普通の人には絶対に相談出来ないし、理解してもらう事さえ出来ない悩み。

しかし奈々の姉のお葬式に出てくれて、お墓参りや法事も欠かさず出てくれる彼女なら、この『複雑で大事な悩み』を理解してくれるかも……。

「……もしかして、奈々ちゃんのお姉さんも関係してる？」

「…………うん」

ああ、やっぱり！

理解してくれるどころではない。この人は、もう『悩み』の中身をある程度察していてくれたのだ。

もしかするとニュースか何かで状況を知り、今夜はそれで家に招待してくれたのかもしれない。奈々からこの相談を引き出す為に。

それを思うと奈々は自然と涙ぐみ、同時に秘密を打ち明ける決意も固まった。

「あのね、里子さん、実は――」

――ピンポーン

と、ちょうど瞬間、玄関のチャイムが鳴った。

あのね、と語ろうとする機先《きせん》を制され、奈々はまた黙ってしまう。

「ああ、ごめんなさい。きっと正幸《ゆっきー》さんだわ。出張だったのに『奈々ちゃんが遊びに来るのなら』って急いで戻って来るような事を言っていたもの。

でも、どうせなら、あの人にも聞いてもらいましょ。彼だって関係者なんだから」

ゆっきーこと夫の真白正幸《ましろまさゆき》は業界二位の大手玩具《おもちゃ》メーカー〝ホワイト〟会長の孫であり、本人も二四歳の若さでありながら同社の部長を務めている。

奈々は彼とも仲が良く、佐倉《さくら》少年を除けば初恋はこの正幸であったかもしれない。

生憎《あいにく》と、ハンサムとは言い難いタイプではあったが。

相撲取りを思わせる筋肉質かつでっぷりとした大男で、顔の表面積のほとんどは真っ黒い髭《ひげ》で覆《おお》われていた。そんな具合に容姿のほとんどの部位《パーツ》が強面《こわもて》のそれでありながら、瞳はつぶらで優しく可愛らしい。

そんな熊のぬいぐるみが人間に化け出たような、愛嬌《あいきょう》のある大男だった。

『昔はあんなに美男子だったのに』と里子《さとこ》は彼の話題になる度に言っていたが、今だって（かつてと方向性は違えど）可愛らしいと奈々《なな》は思っていたし、妻の里子《さとこ》も心の中ではそう思ってはいたのだろう。

里子が出迎えの為に玄関ドアを開けると、ぬうっといつもの熊ひげが現れる——筈《はず》だった。

が、違った。

「——夜中にすまんな」

「…………苺子《いちご》！」

おしゃれ天使スウィ〜ト☆ベリー。

里子は彼女を本名で呼んだ。

「元気なおしゃれ天使スウィ〜ト☆ショコラ、お前に話がある」

「ええ、ちょうどいいわ、こっちもよ。そこの弟子の子もこっちに来なさい」

＊　　　＊

真白《ましろ》里子は、もとスウィ〜ト☆ショコラだ。

〝魔法のスウィ〜ト☆おしゃれ天使〟は一三歳中学一年の四人組。

ドジで頑張《がんば》り屋のベリー、おとなしい知性派のミルク、元気でおてんばなショコラ、そして秘密ばかりでミステリアスなハニー。

そのうちの一人が、このスウィ～ト☆ベリー（本名、赤石《あかいし》苺子）であり、そしてこのスウィ～ト☆ショコラ（旧姓、黒井《くろい》里子）でもあった。

当時のショコラは、よく男子に間違えられていた乱暴者であったのに。

「……一〇年で人は変わるものだな」

「それ、こっちの台詞よ。それより苺子、あんたやたらと汚れてるけど、ちゃんとお風呂入ってる？　お洗濯は？　ヘンな臭いしたりしないでしょうね？」

「問題無い」

「そうなの？」

「《おしゃれ☆パフューム》がある」

「はぁ？　香水で誤魔化《ごまか》してるってわけ？　ばっかみたい！　だいたいアレってば催眠《さいみん》ガスよ、服に吹きかけるものじゃないってえの！」

ベリーとショコラ。

二人のおしゃれ天使のやりとりを、サクラはロングソファに座って眺めていた。

（『一番会いたくない相手』とか言っていたけど……）

心なしかベリーは普段よりもよく喋《しゃべ》る。

もとショコラこと里子の方も、だ。初対面のサクラは知らなかったが、ここ何年かの里子はこんなに溌溂《はつらつ》と喋《しゃべ》る事は無かったし、他人に憎まれ口を叩くような事も無かった。結婚前のがさつな里子《さとこ》に戻っていた。

(この人、奈々《なな》にちょっと感じが似てるな……)

おそらく無意識の内に影響を受けていたのだろう。

その奈々は今、サクラの真横に座っていたが……。

「………なんで奈々、この家に居るんだよ?」

「いいでしょ、別に! 遊びに来てたの! お友達なのよ!」

「お友達って……スウィ〜ト☆ショコラと?」

「そうよ! お姉ちゃんの三回忌《さんかいき》の時に仲良くなったの。

お姉ちゃんのお葬式の時は、日本中の魔法少女がわたしんちに集まってたわ。コスチュームのお姉さんたちとテレビカメラでお寺がいっぱいになって——」

葬儀《そうぎ》の様子は、サクラもテレビで観て憶えていた。

奈々の姉は〝魔法少女マジかるウサミーSOS〟こと魔法少女ウサミー。本名、宇佐美実々《うさみみみ》(享年《きようねん》八歳)。

当時、最年少の魔法少女だった。

この葬儀から半月ほど経った後、宇佐美家は佐倉《さくら》家の隣に引っ越してきた。メディアや近所の視線から逃れる為に、そして過去を少しでも忘れる為に。

「でも三回忌の頃ともなると、魔法少女関係者で来てくれる人は里子さんとその旦那《だんな》さんくらいになってた。わたしの話をいろいろ聞いてくれるのもね。

それ以来、ずっと仲良くしてもらって、両親の離婚の時とかもいろいろ相談に乗ってくれて……。そういう『大人のお友達』がいるって話はしてたでしょ？」

「それは聞いてたけど……でもスウィ～ト☆ショコラだとは聞いてなかった」

「当たり前じゃない！　魔法少女の正体は秘密なんだから！」

それが漏《も》れたらどうなるか。

彼女の姉は、その結果、裸《はだか》で殺された。

あの時の恐怖があるからこそ奈々は〝魔法少女の弟子〟サクラの正体を誰にも内緒にしていたし、心から信頼出来る相手で、もと魔法少女でもある里子にさえ打ち明けるべきかを悩んでいたのだ。

「ふむ……。ショコラ、質問させてもらおうか――」

ロングソファに並んで座るサクラとそのガールフレンド。

ベリーはその二人に一瞬だけちらりと目をやり、しかし再び里子《ショコラ》へ視線を向け直す。

考えてみればベリーにとっては初めて目にする『サクラの日常の姿』だ。目線を向け続けなかったのは、単に興味が無いからだろうか。さもなくば、ある種の眩《まぶ》しさでも感じた為か。

「あれは魔法少女ウサミーの妹だな？　どんな関係だ？　まさかサクラを監視する事で、私の行動を把握《はあく》しようとしていたのか？」

「バーーーーーーカ！」

ショコラはひどく雑な否定の言葉を返した。

「あんた、バカぁ？　それ、こっちの台詞よ！　その質問はこっちがするつもりだったんだってば！

あんたの弟子って、ありゃあ何よ！」

「何、とは？」

「なんで〝魔法少女マジかるウサミーSOS〟なのかって聞いてんの！　ニュースで最初に見た時から、ずうっと気になってたんだから！　コスチュームはちょっと違う感じに見せかけてるけど、ステッキはおんなじだし魔法が全く同質じゃない！　なんで、そんな事になってんの！」

それは、ベリーとサクラがもと魔法少女を訪ねる度に訊《き》かれていた問いでもあった。

此処《ここ》まで激しい語調で訊かれたのは初めてだったが。

魔法の効果なのだろうか一般人に指摘された事は無かったが、やはり魔法少女同士では分かってしまうものらしい。

だがテレビ業界人の御堂《みどう》シーナでさえメディアで『ウサミーと同じだ』と公言しないのは、もと関係者としてのモラルがまだ残っていたからだろう。魔法少女の正体を晒《さら》す行為は、今でも絶対的なタブー。それが死んだウサミーの関係者なら尚更《なおさら》だ。

「正体が奈々《なな》ちゃんじゃないのは知っていたのよ。最初にテレビに映った時、奈々ちゃんはあたしと一緒に居たから。でも——だったら誰？　ねえ、その子いったい何者なわけ？

　まさか生き返ったとか言う気じゃないでしょうね？　年齢的には、ちょうどそんな感じだけれど……」

「さあな」

「『さあな』？　どうして『さあな』よ？」

「私も詳しくは聞いていない。魔法少女に正体を訊くのはタブーだろう？」

「バーーーーカ！　バーーーーーカ！　バカバカバーーーーーーカ！　正体も知らない子供を犯罪に付き合わせる方が一億万倍タブーだってぇの！

で、そこのあんた！」

「僕、ですか？」

　急に話題を振られて、サクラは戸惑った。

「そう、あんたよ、あんた。どうしてウサミーの《マジかるコロロン》なんか持ってるわけ？

それは奈々ちゃんが——」

——と、そこまで口にして、里子《さとこ》は、はっ、と理解する。

　奈々の話と、今の彼女の泣きそうな表情で。

「奈々ちゃん……貴方が《マジかるコロロン》を渡したのね？」

「………うん。わたしが、あいつに……」

「そう……それが、さっきしようとしてた『相談』ってわけか。全部、意味が分かったわ。頭の中で、カチッとピース繫《つな》がっちゃった。

さては、あんたが『お隣の男の子』なんでしょう！」

スウィ～ト☆ショコラは頭脳派ではないが勘《かん》が利く。

それは現役時代から変わらない。一見無秩序なコースで走り続けるだけのマラソン鬼魔《キーマ》ランニングマーの謎を解いたのも彼女だったし、インターネットの動画でお馴染みロックンロール鬼魔《キーマ》デスビートのコンサート作戦を最初に見抜いたのも彼女だった。

「サクラ君って言うんだっけ？　あんた、昔の友達にちょっと似てるわ」

「僕が、昔の友達に……？」

「ええ。それで苺子《いちご》に気に入られてるのね。でも——」

でも、と言いかけの言葉を、ベリーが制する。

「そこまでだ、ショコラ。そろそろ私の話を聞いてもらおう。無駄話は後にしてくれ」

「無駄話ぃ？　これより大事な話、あるわきゃないでしょう！」

「ある。お前に『警告』をしに来た」

＊　　　　＊

──約一五分後。

「まさか……!!　金城《きんじょう》マリーがスウィ～ト☆ハニー!?　キラキラゴールド！だけじゃなくて？　ああ、だけど言われてみれば……。あの子、ちょっとおかしかったものね。日常の部分が希薄っていうか、不自然っていうか。

ひとこと言ってやりたいけど──でも、もう死んでしまったなんて……」

事件現場に乗り込んだ時のベリーと同じだ。死そのものよりも、その正体により強い衝撃を受けていた。

ショコラこと里子《さとこ》は、ベリーほど人間の死に慣れていない為か、仲間の死にもそれなりのショックを感じていたようだったが。

「それで……『警告』っていうのは？」

ベリーにとっては、此処《ここ》からが本題だ。

「ショコラ、我々はこの事件の真相を追っている。最悪『何者かによる連続魔法少女狩り』や『鬼魔《キーマ》の復活』という線さえあり得ると考えている。〝重大な危機〟が迫っているのではないか、とな。それで警告をしに来たのだ」

「魔法少女狩り……？」

「そうだ」

それについての意見は、こうだ。

「バーーーカ」

また『バーーカ』だ。

「その『何者かによる』ってのが何者を想定してるのかは知んないけどさ、『魔法少女狩り』なら最初にあんたが狙われるんじゃないの？　なのに、どうしてあんたは無事でハニーが先に消されるワケよ？

鬼魔《キーマ》の復活の方だってそうよ。あり得ないってば。だって〝キラキラジュエル！の封印〟があるのよ？」

鬼魔《キーマ》復活については、皆が口を揃《そろ》えて同じ事を言う。

これについては実はサクラでさえ口には出さねど同意見だった。〝ジュエル！の封印〟がある限り鬼魔《キーマ》を不安がる必要は無い。

小学校の社会科で、サクラも奈々《なな》もそう習っていた。

「あんたがそう願ってるだけなんじゃない？　もし鬼魔《あいつら》が復活してくれれば堂々と胸張って魔法少女やってられるから、それで『そうなりゃいいな』って願ってるんだわ」

「同じ事をキラキラアクア！にも言われた。パラノイアの願望だとな」

「アクア！にも会ったの……？　あの人が言うんなら実際にそうなんじゃない？　医者の免許も持ってる『世界一賢い少女』なんだし……」

「彼女はそのフレーズは嫌いだそうだ。ともかくも『警告』はしたぞ」

「あたしの『警告』は終わってないわ。あんたの弟子を解放なさい。今すぐ。警察に正式に手配される前に。でないと――」

「サクラ！　帰るぞ！」

「は……はいっ！」

「待ちなさい！　話は終わってないわよ！　いいことサクラ君、その女は自分で言ってるほど立派なやつじゃないわ！　少なくとも、サクラ君みたいないい子っぽい子がついてくような女じゃない！」

「お前に何が分かる！」

ベリーとサクラは、そのまま去った。

窓から。玄関から入って来ていながら、わざわざ窓を開けて。

とっさに里子《さとこ》は追おうとしたが、しかし窓辺に駆け寄る頃には既に二人の姿は消えていた。

魔法少女の超脚力ならば当然だ。

後に残ったのは開けっ放しにされたままの窓と、魔法の香水《おしゃれ☆パフューム》の微かな残り香。それと、泣きじゃくる奈々の姿だけ。

「奈々ちゃんが、彼にステッキを……」

「ひっく、えっく、ううう……ごめんなさい、ごめんなさい……」

「謝る事は無いわ。でも、彼は何とかしないといけないわ。友達なら、止めないと……」

あたしは止められなかったから——。

里子《さとこ》はそう言おうとしたが、その言葉は口から出すのはやめた。

ちょうどそのタイミングで、玄関のチャイムがぴんぽんと鳴る。

「おおい、里子さん帰ったよ」

「正幸《ゆつきー》さん……」

今度こそ、夫の正幸《まさゆき》だ。

(そうか……彼が帰って来たから、苺子《ベリー》は慌《あわ》てて出て行ったのね。変身後の超聴覚で、車が来るのが分かったから……)

ベリーは、彼には会いたくないだろうから——。

いつもの熊髭《くまひげ》が玄関を開けたのは、その数秒後の事だった。

4

サクラはベリーと共に、再びビルの上を跳《は》ねていた。

(お前に何が分かる、か……)

もとスウィ〜ト☆ショコラが

『サクラ君、その女は自分で言ってるほど立派な女じゃないわ。少なくとも、サクラ君みたいないい子っぽい子がついてくような子じゃない』

と言った際、ベリーはそう応えていた。

『お前に何が分かる』と。

(それって、どっちの意味なんだろう……？)

その女《ベリー》は自分で言ってるほど立派な女じゃない、に対して『お前に（私の）何が分かる』の意味か。

それとも、サクラ君みたいないい子っぽい子が、の部分に対して『お前に（サクラの）何が分かる』の意味なのか。

どちらとも取れる返事だった。

「あの……さっき来た車って、ショコラの旦那《だんな》さんでしょうか？　ベリーも知ってる人なんですか？」

「……何故、そう思う？」

「だって車の音を聞いて逃げたから……。家の駐車場に車が入って来る音を聞いたから、ベリーは『行くぞ』って言ったんでしょう？」

「…………サクラは賢いな」

そこまで訊《き》いてから『もしかして訊くべきじゃなかった質問なのでは』と気がついた。

　ベリーの口元は普段以上に固く喰いしばられ、そして普段以上に不機嫌そうだ。

「ごめんなさい……。今の質問は無しで……」

「いいや――構わない。あの男は真白正幸《ましろまさゆき》。昔の……関係者だ」

「関係者……？」

「そうだ。《おしゃれ☆ピッチ》に《おしゃれ☆ワードプロセッサー》……《スウィ～トポシェット》の中身は半分くらいは彼が作った」

　キラキラアクア！が『世界一賢い少女』であったのなら、おそらくは彼も『世界で何番目かには賢い少年』だったのだろう。彼の発明品はおしゃれ天使の魔力があって初めて能力を発揮する品ではあったが、しかしその有用性は今もベリーが証明し続けていた。

（なんにしても、よっぽど仲が悪かったんだろうな。もし多少なりとも仲が良ければ、変身魔法用の道具を修理してもらっていただろうに……）

　それで昨日などは、わざわざサクラを警視総監《けいしそうかん》に変身させていたというのに。

　さっき窓から跳《と》ぶ瞬間サクラはちらりとだけ車の方を見ていたが、運転席には熊のような髭面《ひげづら》の大男が乗っていた。

（悪そうな顔だったな……。もしかすると、関係者とはいえ悪人だったのかもしれない。目元とかはよく見えなかったけど……）

「それでベリー、次は何処《どこ》に？」

「……ああ、次は――」

# 第四章「ムーン・ムーン・プリンセス」

## 1

『サクラ君って言うんだっけ？　あんた、昔の友達にちょっと似てるわ。それで苺子《いちご》に気に入られてるのね』

スウィ～ト☆ベリーは真白《ましろ》家での会話を思い出す。

ショコラも余計な事を言ってくれた。サクラが『昔の友達』に似ているなどと。

（……確かに、似てはいるな。それで助手にしたつもりではなかったが）

しかし知らず知らずのうちに意識はしていたのかもしれない。

過去が深層心理に影響を及ぼすのは珍しい事では無い。一部の鬼魔《キーマ》などは、この心理現象を利用して《ステキなオモイデ《マイスイートメモリー》》を人々から奪おうとしていた。どうやら《キレイなココロ《ブリリアントハート》》の代用品になるらしい。

（しかし、それならば理屈が通るか。あいつに似てるから――それで一〇年一人でやってた私が、急に助手を連れ歩くようになった、と……）

サクラを助手にした事については、ベリー自身も我が事ながら驚いていた。

もう絶対に誰とも組まないと心に決めていたのに――。

(なのに、こんな少年と……)

魔法少女サクラがベリーの前に現れたのは八日前。

初めはベリーも彼を拒絶していた。

いや、最初は『彼』だとさえ知らなかったが。

突然現れた新たな魔法少女に『新手の潜入《せんにゅう》捜査《そうさ》か？』と疑いの目を向けていたし、そんな疑念を抜きにしても、他人に心を開くというのは長年錆《さ》び付かせていた技術だった。

しかし、ちょこちょこと後ろをついて回る彼の熱意を目の当たりにし、四日前の夜ついにサクラを正式な助手に任命する。

『野放しにするのが危なっかしかった』というのもあったし『意外と役に立つと分かった』というのもあった。

『自分で出させた《マジかるウソ発見機》で潜入捜査でないと証明出来た』というのもある。

彼を助手にしたのは、そういった冷静な判断の結果だと自分では信じていたのだが……。

「――サクラ」

「なんでしょう、ベリー？」

「お前は、どうして私の助手になろうと思った？」

「…………っ!!　どうしよう……!!」

「『どうしよう』？　どういう意味だ？」

「感激しているんです。初めて僕の事に興味を持ってくれて」

ベリーとしては今まで興味を持ってなかったつもりは無かったが――しかし、今までこの程度の質問さえしていなかったのだ。無関心と思われていても仕方は無い。

「今から一〇日ちょっと前の事です。僕が友達と新宿《しんじゅく》に遊びに行った帰り、路上強盗に襲われて……お金を取られた上に、レイプされかけたんです」

「………………」

「そこをベリー《あなた》に助けてもらって……」

「そうか……」

少しだけ気まずい。サクラの口から『レイプ』などという単語を聞いたから。

これだけ可愛らしい少年なら、犯罪者どもに性的な乱暴をされても不思議はない。それはベリーにも頷《うなず》ける。未遂《みすい》に出来て良かったと思う。

「その時、思ったんです。みんなの為に戦ってるベリーは、なんて立派で素敵なんだろう。自分にもあんな力があれば絶対同じようにするのにって。そんな時、思い出したんです。さっきの奈々《なな》が――お姉さんが魔法少女だった事を。それで必死にお願いして、ステッキを借りて……」

「ステッキを借りる……？　聞いた事の無いケースだな」

「よく分かりませんが、出来ました」

「………ふむ——」

実を言えばベリーは最初、サクラの正体は魔法少女ウサミーの妹なのだと思っていた。サクラの魔力がウサミーと同質のものだというのはベリーも分かっていたし、奈々は過去に一度〝ちっちゃな魔法少女ぷちマジかるウサミーＳＯＳ〟に変身したと聞いている。疑うのが当然だろう。

誤解が解けたのは、サクラのスカートが破れて、彼が男子だと知った時。助手にする前日の事だった。

その時ベリーは、なるほど、と納得した。サクラのきらきら輝く瞳は一〇代の少年特有のものだ。ベリーは過去に、同じ瞳の少年を見た事があった。

「それでベリー、次は何処《どこ》に？」

「……ああ、次は——」

次は、と言いかけ、しかしサクラの瞳を見つめながら言い直す。

「いや——次は無い。今夜はこれで終わりにする」

「えっ……？　いいんですか？　僕、今日は親に『友達の家に泊まって宿題する』って言ってます。朝までだって平気ですよ」

「いいや、終わりだ。親には『思ったより早く宿題が終わった』とでも言っておけ。続きは明日にする」

残りは、一人で行きたい場所だ。

2

警備員は《おしゃれ☆パフューム》の催眠《さいみん》ガスで眠らせる。

多少荒っぽい手口だが、変身魔法を使えないベリーにとってこれはお馴染みの潜入手段。サクラと組む前はいつもこの方法を使っていた。

時計は、深夜〇時五二分。

某国立病院の別棟。

此処《ここ》は精神科。それも、いわゆる隔離病棟だ。

サクラを追い返したベリーは一人で薄暗い廊下を歩いていた。

本来は関係者以外立ち入り厳禁の、エレベーターを降りた地下の廊下を。

(苦い臭い……。消毒液と湿気、漏《も》らした排泄物、それから薬を飲んだ後の口臭《こうしゅう》——そういったものの混じった臭いだ。悪臭《あくしゅう》とまでは言わないが、不快にはなる臭いだな……)

ひなげし一六号室。

廊下の一番奥、外から鍵《かぎ》の掛かる個室に、彼女は居た。

「――ダックさん、起きているか？」

「………だあれぇ？」

扉の外から声を掛けると、眠たげな返事があった。

いや、扉でなく窓と呼ぶべきか。全面が透明アクリル製で室内が丸見えになっているような出入り口は、日本語では扉と呼ばないだろうから。

「……ボクを『ダックさん』と呼ぶってことはぁ、やっぱりボク、ダックさんだったんだねぇ。ここんとこお薬とカウンセリングが効いていてぇ、昔ダックさんをやってたのが幻覚《ウソ》だったかもと思ってたんだぁ」

「いいや、お前は〝空飛ぶダックさん・DE・ニコルソン〟として地球を救った魔法少女だ。物理的なパワーでは第三世代最強クラスで、巨大隕石《いんせき》の一件はお前の腕力《わんりょく》と飛行能力が無ければ解決出来なかっただろう」

「だよねぇ～？」

〝空飛ぶダックさん・DE・ニコルソン〟。

第三世代には多種多様な魔法少女が存在していたが、その中でも一番の変《かわ》り種《だね》が彼女だろう。宇宙魔法のパワーで人間サイズの不細工なデブアヒルに変身するという、人呼んで『愛と青春の空飛ぶダックガール』だ。

見た目の滑稽《こっけい》さに反して異常なまでに強力なパワーの持ち主で、一度敵の計略《けいりゃく》で〝キラキラスターズ！〟と対立した事があったが、その時はメインメンバー五人全員と互角《ごかく》以上の戦いをしていた。

ただし、今は違う。

変身前である女子中学生、白鳥まひる一四歳。

の、その後の姿だった。

長期の病室暮らしの為に肌《はだ》は真っ白。手足はがりがりに痩《や》せ、目はおかしな方向を見つめ続けている。髪はほぼ丸坊主の長さに刈り込まれていたが、床屋ではなくこの病院の職員が散髪したのだろう、ひどく雑な切り方だった。

それから顔もひどい。涎《よだれ》でべとべとになっている。

「髪を切ったのか？」

「にあうぅ？　長いと、じぶんでひっぱって抜いちゃったりするからぁ。それで、ちばさんが切ってくれたのぉ。ちばさんはここの職員さんで男の人ぉ。ああ……また、よだれが止まんないよぉ。おしゃべりするとぉ、すぐにこうなるのぉ。きっとお薬のせいなんだなぁ。

それでぇ～…………キミはだぁ～れ？」

「おしゃれ天使スウィ～ト☆べリーだ。憶えているか？　週末にやっていた魔法少女の寄り合いに何度か顔を出し、そこで顔を合わせた事がある。それからお前の入院直後に一度だけ面会に来た」

「おぼえてるよぉ。暗くてよく見えなかっただけだってばぁ。むかしのことはよくおぼえてるぅ……面会はねぇ、カレーにおっきなじゃがいもが入ってた日だよぉ。キミはさいしょはふつうだったのに、そのうちすっごくいらいらしだしてぇ……。ちゃんとおぼえてるんだよぉ……幻覚でなければねぇ。なぁに、さいしょはいろいろあるけど――でも、すぐに慣れると思うんだぁ。だって、みんなそうだからぁ」

「いいや、入院したわけじゃない」

「ボクもさいしょはぁ、そう言ってたよぉ」

「…………」

口を開く度に、入院患者特有の口臭《こうしゅう》がする。薬で荒れた粘膜の臭いだ。

ただしベリーが不愉快なのは、臭いが原因では無かったが。

「お前に謝らねばならない事がある。魔法少女のウーパーさん・THE・ゴールドバーグだが――」

〝歌うウーパーさん・THE・ゴールドバーグ〟は、その名の通り人間サイズのウーパールーパーだ。ダックさんと同じタイプの魔法少女であったらしく、言葉も喋《しゃべ》るし空も飛ぶ。

記録によれば二度ほどダックさんの前に現れて、口喧嘩ばかりしながらも力を合わせて事件を解決したらしい。

「その正体は〝花の騎士ハニーゴールド〟だった」

「でしょお〜？」

「ああ、信じなくって悪かった……」

ずっと以前——魔法少女が合法だった時代、彼女たちは毎週土曜の夜になるごとに閉店後の喫茶店に集まり（どこかのメンバーの実家であったらしい）秘密の情報交換会を開いていた。チームで活動する魔法少女は基本的にはリーダーだけが参加するもので〝おしゃれ天使〟からはいつもはショコラが行っていた。が、たまにはベリーも顔を出した。

ダックさんが〝あの話〟をしたのは、そんな時の事だ。

『偶然ウーパーさんが変身解除するところを見た。その正体はハニーゴールドだった』

その場に居合わせた魔法少女たちは、みんな笑った。笑わない者も居たが、少なくとも信じてはいなかった。

世間では、このダックさんが精神に異常を来したのは、活動終了後の事だと思われている。御堂《みどう》シーナの著書「魔法少女の真実」でもそう書かれていた筈《はず》だ。

九七年の春、事件が全て片付き、彼女に魔法パワーを与えていたアヒル型宇宙人は故郷である宇宙都市アヒルノ市《シティ》へと帰って行った。

ダックさん用の魔法アイテムを全て回収した上で。

その為、彼女は二度と変身する事が出来なくなり、同時に精神の均衡《きんこう》を崩してしまったのだ

――というのが、よく知られている話だろう。

しかし実際はそうではない。

彼女の精神は現役時代から少しずつ蝕《むしば》まれていた。

どうやら世界を救う重責の中で病んでしまったらしい。この事実は魔法少女たちの中では有名で、異世界オデッセイに居た御堂シーナ以外は誰でも知っていた話だ。ベリーも情報交換会の時に、大量の向精神薬を服用する姿を見ていた。

それもあって当時、彼女の『ウーパーさん＝ハニーゴールド』説をまともに取り合う者は居なかったのだが……。

「あのときはぁ、スウィ～ト☆ベリーちゃんとキラキラジュエル！ちゃんがいちばん笑ってたぁ～……ちゃあんとおぼえてるんだからぁ」

「ああ、反省している……」

もしウーパーさんの一件を聞いていなければ、ベリーも瞬時には『ハニーゴールドが他の魔法少女に化けていた』とは思い至《いた》らなかっただろう。

「みんなが笑ったりぃ、こまったような顔をしててぇ……それでボクが泣きそうになってたらぁ、キラキラアクア！ちゃんがアイスをくれたんだぁ。あの子は、はなしをちゃあんと聞いてくれてぇ……。あの子はいい子だよねぇ。ボク、あの子好きぃ……。今でもときどきお手紙出すのぉ。

きょうのおひるに集団作業療法でクッキーの袋詰めをしてぇ、お給料が出たんだよぉ。しばらいはばんごはんのあとだったけどぉ、五一六円になったんだぁ。あしたは社会復帰トレーニングできょうのおかねをもって病院のみんなとスーパーにお買い物にいくからぁ、そのことを手紙に書こうとおもっているのぉ」

「そうか……」

なるほど、床に転がっているクッキーと袋はその作業の余りものなのだろう。

「いいか、ダックさん・DE・ニコルソン。今、我々には危機が迫っている可能性がある。『何者かによる連続魔法少女狩り』か『鬼魔《キーマ》の復活』か——ともかくも〝重大な危機〟だ。それでお前にも警告に来た」

ベリーは『警告』を真剣に告げた。が、

「……うふふふっ」

ダックさん——もと女子中学生、白鳥まひるは笑ってた。

それはかつて皆がダックさんに向けた笑顔に、ほんの少しだけ似ていた気がする。憐《あわ》れみやそれ以外のネガティブな気持ちの混じった笑み。ベリーを含む魔法少女たちが、ダックさんを前にして浮かべたそれに。

「おっかしいのぉ……。ボクが夜中に目をさましたらぁ、そこにスウィ～ト☆ベリーちゃんが立っていてぇ、むかしのことをあやまってぇ。やっぱりボクが女子中学生じゃなく魔法少女のダックさんでぇ…………そんで、むかしみたいに〝重大な危機〟が迫ってる？」

「そうだ」

「これってぇ、どっからが幻覚？　ぜんぶ？　とちゅうから？　それとも幻覚じゃなくって、ただの夢？　お薬で消える？　先生に話したらおこられるぅ？」

「いいや……」

いいや違う、と言おうとした。

——だが、それは本当に？

すうっ、と胸に、北風のような不安が吹き抜ける。

ベリー自身がダックの幻覚で無い事くらいは分かっているが——しかし、狂っていないとは断言できるか？

キラキラアクア！はベリーの警告を『パラノイアの願望』と評した。

医師免許も持つあの賢い女は、ベリーの狂気を診断したのでは？

（いや——図々《ずうずう》しいぞ、スウィ～ト☆ベリー。もし狂っているとするのなら、一〇年前からずっと狂っていたんだ。或《あ》るいは最初から。初めて変身した、あの日から……）

今さら『狂ったかも』と不安がるのは、単なる甘えに過ぎないだろう。

「…………『警告』はした。私は行くぞ」

「うん、つぎはおひるにおいでよぉ。水曜のおひるにぃ。キラキラアクア！ちゃんにもぉ『水曜のおひるに来なよ』って言ったんだぁ。集団作業療法がある日だからぁ、おやつとお給料がもらえるよぉ」

＊　＊

キラキラアクア！の頭脳は一時間に二億ドルを生み出すと言われている。

クッキーを袋に詰めて五〇〇円と余ったクッキーを貰《もら》う仕事を喜ぶかどうか、それははなはだ疑問なところだ。

催眠《さいみん》ガスの効き目が切れる前に、ベリーは病院から立ち去った。

（……やはり、サクラを連れて来なくてよかった）

いや――むしろ、サクラにこそ見せるべきであったか？

それは未だに悩むところだ。

奇跡のような確率の偶然に選ばれて魔法少女となり、実戦や激しい訓練によって『一人前の魔法少女』へと磨《みが》かれて、努力して努力して、遂《つい》には平和をもたらした後。

辿《たど》り着くのは果たして、いかなる結末か。

〝空飛ぶダックさん・ＤＥ・ニコルソン〟こと白鳥まひるの姿は、そのサンプルの一つと言えた。

無論、高層ビルの最上階にオフィスを構えるキラキラアクア！や、幸せな家庭を築いたスウィ～ト☆ショコラも、同様に一つのサンプルではあったろうが……。

「さて、と──」

ベリーは《おしゃれ☆アンブレラ》を広げながら地面を蹴り、宙へと跳《と》び立つ。

次に会うのは、さらに厄介《やっかい》な相手だ。

3

一九九〇年代の、いわゆる魔法少女黄金時代。

あの頃、魔法少女は大量に存在していた。鬼魔《キーマ》と戦うチームが何組も。

第三世代だけで、五〇人近くになるのではないだろうか？

にも関わらず『現在、居場所の分かる魔法少女』となると、それほど数は多くない。

皆、日常に戻ってしまった。

ステッキをしまった魔法少女を探すのは、そう簡単な事ではない。ベリーが《おしゃれ☆ワードプロセッサー》を使ってさえもだ。

喩《たと》え居場所を見つけたとしても、そこに居るのはもう『魔法少女』ではなかった。

（ふん……）

ベリーは、歯噛みした。

最初から知ってた事ではあるが、こうして改めて確認すると胸の奥が苛《いら》ついてくる。

(もう、魔法少女は居ない……)

ウィッチ・イズ・デッド？　イエス・シー・イズ
キラキラアクア！水城宇美《みずきうみ》は成功者だ。世界一賢いと呼ばれた彼女だが、今では世界一の金持ちでもある。もう魔法少女だった過去は邪魔でしかないのかもしれない。優秀な頭脳は当時の記憶を忘れる事は無いのだろうが。

キラキラレディー・コバルト！海音寺《かいおんじ》うしおもだ。彼女が魔法と決別したのは、禁止法より前だと聞いている。魔法でなく自らの力でピアニストとしての道を歩もうとしたのだ。その事はベリーも過去に噂《うわさ》で聞いていたし、心の中で応援もしていた。だが彼女は知らぬ間にその道を諦めていた。海音寺《かいおんじ》の中には魔法少女もピアニストも、もう居ない。

スターレットガール御堂《みどう》シーナは問題外。彼女がどんな女なのか、前からだいたい知っていた。それでも数年前〝ワイドモーニング・セブン〟でベリーを叱《しか》りつけた彼女は、ひとかどの人物に見えたものだが……。

ダックさん・DE・ニコルソン白鳥まひるは殉教《じゅんきょう》者だ。今後、彼女を笑う者はこのベリーが許さない。そう決めた。あの子の精神には、まだ魔法少女が残っているに違いない。が、物質的な意味では違う。今や、ただの病人だ。魔法を使う為の道具も無い。彼女は現役時代『物質的（物理的）な意味での『力』では最強だったが、その『物質的な意味での力』を一つ残らず失っていた。

それから、スウィート☆ショコラ。

(もう、あの女は……)

もう、あいつは友達じゃない。

一〇年前に分かっていたが、今夜改めてそれを知った。

(ショコラ……里子……)

他にも消えてしまった魔法少女は大勢居る。

"幻想剣士スターレットガールズ"のうち御堂シーナ以外の二人は、異世界に残ったまま二度と帰って来なかった。

"ホーリープリンセスかぐや"はお伽噺の子孫ばかりが住むメルヒェンタウンの住人だったが、その住民たちは魔法少女禁止法の制定直後に町ごと何処かへと消えてしまった。もともとメルヒェンタウンは異世界の町で、本来の世界に戻ったのだという。一説によればもともとメルヒェンタウンは異世界の町で、本来の世界に戻ったのだという。

"魔法怪盗アルセーヌ・キャット"は禁止法以後も窃盗犯としての活動を続けていた。しかし一九九八年の春ついに逮捕。懲役七年の罪だったが裁判が長引いた為、まだ府中刑務所に服役中の筈だ。しかも彼女は実は魔法少女ですらなく、手品で魔法が使えるかのように見せかけていただけのステージマジシャンの娘だった。

〝魔法少女マジかるウサミーＳＯＳ〟はファンの変質者に殺害された。その宿敵だった悪の魔法少女〝邪悪少女デモんずミータ６６６〟こと三田美沙々（当時八歳）はウサミーの通夜の晩に警察に出頭。更生施設で二重人格の長期治療プログラムを受けている。

残りは大抵、ステッキをしまって行方不明。

ベリーの危惧《きぐ》する『何者かによる魔法少女狩り』などが無くとも、魔法少女は絶滅寸前だったのだ。

そして〝花の騎士ハニーゴールド〟は、昨晩死んだ。

今、世界に存在している魔法少女は三人だけ。この夢見るおしゃれ天使スウィ～ト☆ベリーと〝魔法少女の弟子〟サクラ。

さらに、もう一人。

これからスウィ～ト☆ベリーは会いに行く。

《おしゃれ☆アンブレラ》で直線距離二二〇キロメートルを移動して。

その女はもう魔法少女は名乗っておらず、胸の内からも魔法少女の心は失われていただろう。しかし今でも魔法の力を保有《も》っていた。

（……考えてみれば、おかしな話だ。彼女に『警告』とは――）

不死身で無敵の女に『危険が迫っているかも』と心配するとは。

今からベリーが会う相手は、第三世代最強の魔法少女。

いわば彼女たちの〝女王〟だった。

＊　　　＊

時計は、深夜三時ちょうど。

場所は、飛騨地方の山奥。

岐阜県神岡村にある自衛隊・米軍合同の軍事施設。

看板には『防衛省・熱力学研究所』とある。しかし此処《ここ》で研究など行われていない事は、世界中の誰もが知っていた。

廃鉱となった鉛鉱山の坑道跡に、核シェルターと大陸間弾道ミサイルサイロの設計技術を応用して建造された、分厚い金属壁を持つ深地下施設。その深度は実に地下一〇〇〇メートルにも及ぶ。

ベリーは厳重な警備を《おしゃれ☆パフューム》の催眠《さいみん》ガスでくぐり抜け、エレベーターで一番奥の最下層へ。

『地下』『エレベーター』『廊下』の組み合わせが一瞬だけダックさん・ＤＥ・ニコルソンの病棟を連想させたが、しかし病棟とは異なり明るく清潔。臭いもしない。天井も高く、だだっ広《ぴろ》い。極めて快適な空間となっていた。

それも道理。此処《ここ》は『王の間』にして『神殿』。

〝女王〟がいつまでも玉座に座り続けていられるよう、常に快適な環境に保たれ続ける――豪華な牢獄《ろうごく》なのだから。

「こんばんは、スウィ～ト☆ベリー」

「………こんばんは、エターナル・ブリリアント・プリンセス」

挨拶《あいさつ》の返事が一瞬遅れたのは、彼女を〝キラキラ・ジュエル！〟と呼ぶか〝エターナル・ブリリアント・プリンセス〟と呼ぶかで迷った為。

プラス、彼女の姿に驚いた為だ。

「……背が伸びたな、プリンセス」

「現在、ジャスト一四メートル。一眠りするうちに伸びていた」

そこに居たのは、身長一四メートルの巨人。

しかも全裸だ。巨大な裸女だ。

肌《はだ》は月光のように青白く、よく見れば自ら淡く発光している。体型はほっそりと痩《や》せ、サイズを除けばまるで幼い少女のよう。年齢的には一〇年前よりも若返っているようだ。その全身には頭にも陰部にも、体毛は一本たりとも見当たらない。

そんな女巨人がただ一人、広い地下室にぎゅうぎゅうになって詰まっていた。

体育座りの姿勢になって。

「星の鼓動を聞きながら眠っていた。地底の夜空の下での午睡《ごすい》だ。素粒子《そりゅうし》がそよ風のように頬《ほお》に触れ、重力はベッドに詰まった羽毛のよう。此処には魂魄《ヒト》の雑音《こえ》は届かない」

「詩的だな。起こして悪かった」

「いいや、構わない。待っていろ。今、会話しやすいサイズになる」

よっ、と椅子から立ち上がるかのように、プリンセスはサイズを縮めた。

身長一メートル六六センチにまで。

「……いや、失敬。一六六センチでは低すぎる。もう少し高い方がいい」

縮め過ぎたと感じたのか、ほんのわずかだけ背を伸ばす。

今度は身長一メートル七一センチ。ぴったりスウィ～ト☆ベリーと同じ高さだ。これがプリンセスにとっては『会話しやすいサイズ』という事らしい。年齢はベリーの記憶にある彼女と同じ一〇代中盤の姿となり、髪も昔のようなロングのツインテールヘアになっていた。

が、裸《はだか》のままだ。

すぐ足元に、シルクのイブニングドレスが脱ぎ散らかされていたというのに。

「服は着ないのか？」

「ああ。六年前の一一月から、物質的なものに対して興味を感じなくなった」

むしろ拒絶さえしているようだ。

彼女こそが魔法少女たちの〝女王〟。

第三世代で――いいや、世代を超えて『最強』の魔法少女。

その名も、エターナル・ブリリアント・プリンセス。

〝キラキラスターズ！〟のリーダーたる輝く星のアイドル戦士キラキラジュエル！の最終形態であり前世の姿。と同時に、この太陽系のあらゆる事象を司《つかさど》る〝女神〟だった。

比喩《ひゆ》ではなく、本物の神。

この太陽系とその周辺一帯の宇宙を創造したのは誰か？　鬼魔《キーマ》との戦いで一旦《いったん》滅んだ地球を、時間を巻き戻す事で再生したのは？『命』や『運命』『精神』といった現代科学では測定不可能なエネルギーの中心となる存在とは？

その答えが、この彼女――エターナル・ブリリアント・プリンセス。ギリシャ神話のゼウス、仏教の大日如来《だいにちにょらい》、ゾロアスター教のアフラマズダ、その他世界中の神々のモデルとなった実在の絶対的最高神だ。

強大な力を持ちすぎた彼女を、日本政府は本人同意の元、地下施設の奥深くで管理する事にした。これがいわゆる〝キラキラジュエル！の封印〟。此処《ここ》で彼女は鬼魔《キーマ》や異世界からの脅威《きょうい》に目を光らせ、同時に人類の平和を守る抑止力となっていた。このプリンセスはその気になれば一国をくしゃみ一つで消滅させられる、核を凌駕《りょうが》する破壊のパワーであったのだから。

エターナル・ブリリアント・プリンセスさえ居れば鬼魔《キーマ》の復活はあり得ず、また第三次世界大戦も起こり得ない。小学校で習う常識だ。

だが――一人の平凡な少女が、ある日突然魔法少女となり、最終的にはこのような巨大過ぎる力に目覚めてしまった。ただの平凡な女子中学生であったのに。望んでないのに。神のようなどころではなく、神そのものの力と神そのものの座を。

それは慶《よろこ》ぶべき事であるのか？

（キラキラジュエル！――随分『プリンセス側』になっているな……）

昔見た時は、まだ精神《なかみ》は一〇代の少女キラキラジュエル！であったのに。

今では内面まで、かなりの割合でエターナル・ブリリアント・プリンセスになっている。

それは口調だけでも見てとれた。

「懐かしいな、友《ベリー》よ。君は変わらない」

「……そうだろうか？　まあ――あんた程じゃあない」

おそらく神や素粒子《そりゅうし》のレベルでは、ベリーの変化などほんの些細《ささい》な誤差にしか過ぎないのだろう。いかにもプリンセス視点の発言だ。

だが人間の視点からすれば、二人はお互い大きく変わった。

昔のジュエル！は当時のベリーとよく似た『ドジな頑張《がんば》り屋さんタイプ』。

ドキュメンタリー番組を観てた子供たちからも『どうして、どっちのチームにも似たような子がいるの？』だの『スウィ～ト☆ベリーはキラキラジュエル！の偽物では？』だのといった葉書が毎週山のように送られてきていた。

その二人は一〇年で、揃《そろ》ってこれ程の変化を遂《と》げた。まるで皮肉めいた冗談だ。

「かつての仲間に巡《めぐ》り会うのは、何度体験しても嬉しいものだ。宇宙に永遠などというものは存在しないが、しかし友情と想い出だけは比較的永遠に近い」

「疑問だな……。私には友情が永遠に近いとは信じられない。失った事があるから、そう思う。想い出も同じだ」

「そうかね」

「そうだ。それよりも話がある。あんたに『警告』をしに来た」

「金城《きんじょう》マリーこと〝花の騎士ハニーゴールド〟の一件だな。君はその一件を、より重大な危機の一部だと信じている」

「誰かから聞いたのか？」

「いいや、最初から知っていた。私はこの太陽系で起こる全ての事象の中心だ。マリーの死も。彼女がスウィ～ト☆ハニーや、その他数多くの魔法少女の正体であった事も。彼女の変身するキラキラゴールド！が本物の『金星の守護者』の転生ではなく、ラブエネルギー元素変換システムで他のアイドル戦士の装備をコピーしただけの偽者であった事も。全てを知っている。知っていた。プリンセスとして目覚めた時に全て知った」

「ならば、どうして止めなかった？　知らせてやればマリーは死なずに済んだのに。『友情は永遠に近い』のだろう？」

「私は予知能力者とは違う。ただ私の中で過去・現在・未来が同時に存在しているというだけの話だ。起こる可能性が生まれた出来事は、既に起こってしまったのと同じ事。過去を塗《ぬ》り替える事は出来ないよ。

それと君が私を訪ねる事も分かっていた。だから今夜は警備が薄く、此処《ここ》まで《おしゃれ☆パフューム》だけで来れたのだ。私がそうした」

「そうか、感謝する……。だったら真相も知っているのか？　私が探している真実も？　危機は迫っているのか？　それとも――私が狂ってしまって、危機を望んでいるだけなのか？」

「その質問には回答出来ない」

「何故？」

「君が本心では『答え』を望んでいないからだ。今は望んでいても、いずれはそうなる。だから『ヒント』以外は与えられない」

「ヒント？　どんなヒントだ？」

「もう与えた。さあ、そろそろ時間だ。警備本部が異常を察知し、私の世話係兼警備主任の〝ミス・ジュピター〟がやって来る。見つからないよう、急いで帰りたまえ」

「ミス・ジュピター……キラキラグリーン！の事か。この施設に居たのか」

『木星の守護者』の転生たる、緑の木々のアイドル戦士キラキラグリーン！。

彼女の居場所は《おしゃれ☆ワードプロセッサー》でも分からなかったが、まさか此処の警備主任をしていたとは。

（秘密任務だから、データが無かったというわけか……。だが、これは幸運だな）

「出来ればグリーン！とも会っておきたい。彼女にも話を聞いて――」

「無駄だ。彼女は任務に忠実な軍人だ。前世の頃からな。彼女の手を煩《わずら》わせたくない。『裏口』から出て行くといい」

裏口と言ったのはプリンセスなりのユーモアだろうか。そんなもの、神を閉じ込める為の地下施設にありはしない。出口は入って来たエレベーターただ一つだけだ。グリーン！もそのエレベーターで降りてくる。

一戦交えなければなるまいか、と身構えたその瞬間。

光った。ベリーの体が。

いや、光に『なって』いった。

プリンセスや月光と同じく、淡く白い光へと。

そして、その姿と質量を消していく。

瞬間移動だ。

「地下一〇〇〇メートルのこの場所には、ニュートリノでもなくば自在に出入りする事は不可能。しかし、それならば肉体を丸ごとニュートリノに変えてしまえばいいだけの話だ。何にも阻《はば》まれる事なく地上に出られる」

「待て！　まだ何も話をしていない！」

「いいや、『ヒント』は与えた。他に語るべき情報は無い。

さようならスウィ～ト☆ベリー。君は信じなくとも友情はほぼ永遠だ」

ベリーは素《そ》粒子《りゅうし》と化して、地下から消えた。

＊　＊

直後。午前三時二五分三九秒。

「ジュエル！、ご無事ですか？　侵入者のようでしたが」

「心配は要らない。もう帰った」

プリンセスの身長は、未だ一七一センチ。ベリーのそれと同じ数字だ。

だが、すぐに目の前のキラキラグリーン！の背丈《せたけ》、一八二センチにまでサイズを伸ばす。いかにも、もとバスケ選手らしい長身だった。

「気に掛けてもらえた事を嬉しく思う。それと、あきらちゃん《グリーン！》――」

「はい」

「君との友情もほぼ永遠だ。だから気を悪くしないで聞いて欲しい。

諸君とは………もう、お別れだ」

# 4

時は進み、朝。

午前七時〇〇分。

「やあ皆さん、お早うございます。朝、最も公正な報道をお届けする〝ワイドモーニング・セブン〟。司会の田中山一《たなかやまはじめ》です」

司会である半ば芸能人化したフリーアナウンサーの『やあ皆さん』という挨拶《あいさつ》で、毎朝この番組はスタートする。

世間では、この番組は『硬派かつ公正な報道姿勢が評価されて、早朝枠では一、二を争う人気番組になった』と言われているが――コメンテーターの御堂《みどう》シーナに言わせれば、それは違う。むしろ人気の秘訣《ひけつ》は、この『やあ』だ。

いかにも堅物《かたぶつ》そうな背広《せびろ》のアナウンサーがアメリカ人のように馴れ馴れしく挨拶する事で、視聴者が番組との距離感のバランスを崩し、テレビから目が離せなくなってしまう。それがシーナの分析する、番組の人気の秘密だった。

そして最初の『やあ』の二文字を終えたら、すぐにまた堅苦しい普通のアナウンサーの口調に戻る。これもギャップを強調しつつ安心感を与える巧妙《こうみょう》な手口だろう。

（それさえ分かっていれば、司会は誰でもいいのよね……）

　御堂シーナは、密かに司会の座を狙っていた。このフリーアナはギャラが高額すぎて、テレビ局は持て余し気味になっているらしい。前にスタッフと飲んだ時にそう聞いた。だったら自分にもチャンスがあるのでは？

　金城マリーが死んでくれたおかげでしばらくは自分への注目も高まるだろう。此処で上手く立ち回れば、もしかして……。

　こんな時、御堂シーナは『昔、魔法少女をやっておいてよかった』と思う。

「——まずは政治関連のニュースから」

　司会がニュースを読み上げていく。次に金城マリーの件。ここからがシーナの出番だ。

　まずは政治ネタから。次に金城マリーの件。ここからがシーナの出番だ。

　そうだ、昨夜スウィ〜ト☆ベリーが情報を聞きに来るほどのマジかるウサミーだという話もしてしまおう。皆、驚くに違いない。と同時に皆、私が『わざわざベリーが情報を聞きに来るほどの事情通』であると再確認するに違いない。いやいや、いっそベリーの相棒が生き返ったマジかるウサミーだという話もしてしまおうか？　いや、そのネタは予定通り再来週の『深刻化する犯罪の低年齢化』まで取って置くべきだ。

　欲をかいて手持ちの弾を使い尽くしては元も子もないだろう。

　そんな考えを頭の中で巡らせていると——。

「……久しいな、御堂シーナ」

不意に、声を掛けられた。

頭上から。座っているシーナの真上から。

宙に浮かんでいた、その女から。

「――――っ⁉　キラキラジュエル！‼」

声の方向を見上げれば、そこにはキラキラジュエル！――エターナル・ブリリアント・プリンセスの姿があった。

しかも、裸《はだか》で。

現在プリンセスの身長は一八二センチ。シーナはこの数字の意味を知らなかったが、これは直前に対面したキラキラグリーン！の背丈《せたけ》と同じもの。しかし、すぐに御堂《みどう》シーナと同じ一五九センチにまでサイズを縮める。

「御堂シーナ――君は今、司会の人の話を聞いていなかったな？　人の話を聞かないのは、君の昔からの悪い癖《くせ》だ。だが、それさえも懐かしい。ここ数日誰かに逢《あ》う毎に似たような発言をしているが……やはり想い出と友情は比較的永遠に近いものであるのだ」

「どうして、ここに……⁉　どうして裸で⁉」

「テレビで女性の陰部がタブーなのは知っている。だが、短い時間だ。許して欲しい」

スタジオの全てのカメラが、プリンセスへと向けられていた。

どうやら自分《シーナ》にだけ見える幻ではなく、実際に此処《ここ》に居るという事らしい。

でも、どうしてこのスタジオに？

「実のところ、どの番組でも構わなかった。だが折角であるから、縁《えん》のある君の番組にしようと思ってね」

「それは、どうも……」

運がいい。生きる抑止力たるエターナル・ブリリアント・プリンセスが、全裸とはいえ、自分を頼ってテレビに出演だとは。田中山《たなかやま》さん、ざまあ！　これで来期からの司会は交代決定だ。

シーナは、心の中で小躍《こおど》りしていた。

この時までは。

(あれ……？　でも、どうやって此処に来たの？　エターナル・ブリリアント・プリンセスは地下施設に閉じ込められていた筈《はず》じゃ？)

「君の疑問は理解している。どうやって〝封印〟とまで呼ばれる地下施設から脱出したのか、だろう？　だが、それは世間の大きな誤解の一つだ。

私は閉じ込められていたわけではない。ただ誰も私の力を悪用出来ないよう、自分からあの施設に閉じ篭もっていただけの事だ。必要とあらば、こうして外にも出て来る。

それよりも皆に大事な話がある」

彼女は、自分へと向けられているカメラとマイク、そして電波の向こうで自分を観る全国の視聴者たちへと目線を向ける。それぞれが『プリンセスは自分と同じ背丈だ』と感じていた。

そして、告げた。

「諸君らの存在は奇跡そのものだ。

無限に近い広さを持つ宇宙の、この星で。無限に近い長さを持つ時間の、この時代に。諸君らが生まれ育ち、隣に居る誰かと巡《めぐ》り会う。これはまさに数学的奇跡。この私でさえもミラクルロマンスと言わざるを得まい。

そんな奇跡に溢《あふ》れる星の守り手であった事を、この私は誇《ほこ》りに思う。時間そのものが消滅するまで記憶に残し続けるだろう。だが——」

この『だが』の後に如何《いか》なる言葉が続くのか、誰もが既に察していた。

少なくとも第一カメラ《イチカメ》のカメラマンはそうだった。だから手元は震え、画面もがくがく上下に揺れる。テレビにはその揺れる画面が映り続けた。演出的な意図は無い。ただ、誰も『カメラを切り替えろ』と指示を出さなかっただけだ。皆が同じように震えていたから。

エターナル・ブリリアント・プリンセス。

太陽系を守護する女神。

鬼魔《キーマ》と第三次世界大戦から、我々人類を守ってくれる。

この番組では彼女を『核を上回る大量破壊兵器』『自衛隊・在日米軍に次ぐ第三の軍事力』などと否定的な言葉で呼んだ事もあるが、しかし、それは『それでもプリンセスは世界を守り続けてくれる筈《はず》だから』という確信（安心）に裏づけられた卑怯《ひきょう》な誹謗《ひぼう》に過ぎなかった。

そのプリンセスは皆に告げた。
これは、別れの挨拶《あいさつ》だ。
「だが――もう、お別れだ」
エターナル・ブリリアント・プリンセスは白い光に包まれ、そして消えていく。
この地上《ほし》から。地上全ての生命と物質に別れを告げて。
人類を見捨てて去ったのだ。

# 第五章「あたしがいるからだいじょうぶ……」

## 1

素粒子《そりゅうし》となったスウィ～ト☆ベリーは、空間を漂っていた。

いや――水にたゆたうような感覚ではあるが、おそらくは超光速で移動をしていたのだろう。少なくともベリーにはそう確信出来た。

水死体になって漂流《ひょうりゅう》するようなこの不快感。超光速でなくば説明が付かない。

それに、無闇に感傷的になる、この気分も。

（原子物理学的走馬《そうま》灯《とう》というやつだな……。魔法でワープする時に昔の夢を見る現象だ。これがあるから空間移動は嫌いなのに……）

ベリーは瞬間移動の超空間で、過去の夢を見ながら眠る――。

ウィッチ《Witch》・イズ《is》・デッド《dead》　魔法少女は、死んだ
ウィッチ《Witch》・イズ《is》・フォールン《fallen》　魔法少女は、落（堕）ちた
ウィッチ《Which》・イズ《is》・デッド《dead》？　死ぬのはどっちだ

ウィッチ《Which》・イズ《is》・フォールン《fallen》？　先に裏切るのは？
ウィッチ《Witch》・イズ《is》・デッド《dead》　魔法少女は、死ね
ウィッチ《Witch》・イズ《is》・フォールン《fallen》　魔法少女は、落（堕）ちろ

安っぽいメロディーが聞こえる。

やはり安っぽい上に、英語的に正しいかどうかすら危うい歌詞を乗せて。

これは一発屋ロックバンド〝デスビーツ〟のヒット曲〝Witch(Which) is dead?〟。

一〇年ちょっと前の流行り歌だ。とすれば、今見ている夢はその当時の夢以外にあり得ない。

発表からわずか一ヶ月で、この歌は禁止されたのだから。

（そう……〝デスビーツ〟のボーカルは鬼魔《キーマ》だった。ロックンロール鬼魔《キーマ》デスビート。歌を使って世論を反魔法少女に誘導しつつ、コンサートに来たファンたちから《キレイなココロ《ブリリアントハート》》を奪う作戦だった）

その作戦は、ほぼ成功していた。

一〇代の若者たちは皆、魔法少女たちに激しい不信感を抱き『魔法少女たちは人類の敵だ』と声高《こわだか》に叫ぶようになって、そこから『むしろ鬼魔《キーマ》と仲良くすべき』『今すぐ戦いをやめよう』などと主張する者まで現れていた。ちょっとした反戦ソングの様相《ようそう》を呈《てい》していたが、もともと九〇年代はそのような主張が通りやすい時代ではあったのだ。

しかしベリーたち〝おしゃれ天使〟の四人は、〝デスビーツ〟でキーボードを担当する女性ミュージシャンと偶然知り合い、そこからこの曲の陰に潜む鬼魔《キーマ》の陰謀を突き止める。

陰謀を突き止めた後は、お決まりのパターンだ。

四人で変身してコンサート会場に乗り込み、鬼魔《キーマ》を魔法のビームで灼《や》き殺した。コンサート会場にはテレビカメラが来ていた為、その時の戦いは撮影されて今でもインターネットの動画として残っている。

(だが、この事件——ややこしいのは、その後だった。観客もテレビも帰った後……)

ほんのわずかなタッチの差。

やはり偶然、メンバーのクラスメイトが〝デスビーツ〟のおっかけをやっていた事から鬼魔《キーマ》の陰謀を突き止めた魔法少女チームがあった。

それは〝魔法のアイドル戦士キラキラスターズ！〟。

ゴールド！は欠席だったが、その分何人かサブメンバーが入っていた。

「あ～あ、ドキュメンタリー撮ってるテレビ局の人たちが可哀想《かわいそう》！　あたしたちの大活躍を撮影出来る筈《はず》だったのに、貴方たちが出しゃばったおかげで段取り全部台無しじゃない！」

そう言ったのは赤い火のアイドル戦士でメンバー一気の短いキラキラローズ！。

彼女が言うには、

『〝デスビーツ〟が歌い終わる　↓　急にステージの照明が落ち、会場騒然　↓　再びライトが点くとそこには〝キラキラスターズ！〟が！　↓　レコード会社とタイアップしたイメージソングを一曲（口パクで）歌ってから鬼魔《キーマ》と戦闘』という段取りであったらしい。九六年のこの時期ともなると鬼魔《キーマ》との戦いは魔法少女側が圧倒的有利になっており、このような『遊び』を仕込む余裕もあった。

同時に『縄張り争い』をする余裕も、だ。

買い言葉でローズ！に啖呵《たんか》を切ったのは〝おしゃれ天使〟で一番喧嘩《けんか》っ早いショコラだった。この陰謀を真っ先に察知したのも彼女であったし、当然の行動ではあったろう。

「バッカじゃないの！　そんな風にグズグズしてるから、アタシらが出張る羽目になったんじゃない！　妙な言い掛かりつけないでもらいましょうか！」

「はァ？　不人気のパクリチームが、何を一丁前に！」

「へぇ、じゃあ人気チームの不人気メンバーはいったい何丁前なんでしょうねぇ？」

この一件は〝おしゃれ天使〟側の視点では『一方的に因縁を付けられただけ』という形になる。しかし〝キラキラスターズ！〟側にも実は『ショコラたちが先走った為に、裏で指揮をしていた敵幹部に逃げられた為、それでつい厭味《いやみ》を言ってしまった』という事情があった。

ともあれ、二つのチームは一触即発《いっしょくそくはつ》。

互いに身構え、魔法を撃ち合う直前にまでなっていた。もし誰かに見られていたら〝デスビーツ〟の曲以上に反魔法少女世論をかき立てていた事だろう。

（だが、この状況を収めたのは――）

「やめてよ、みんな！」

当時まだプリンセスではなかったキラキラジュエル！。

輝く星のアイドル戦士だ。

「魔法はね、喧嘩をする為にあるんじゃないよ！　人を幸せにする為のものなの！　ずっと前から言ってるじゃない！」

魔法は、人を幸せにする為のもの。

ジュエル！やベリーたち『戦う魔法少女』を否定しているようで、しかし逆に本質を突いた言葉だ。彼女たちの魔法のビームも、第一・第二世代の魔法も変わらない。魔法は誰かを守り、幸せにする為のもの。少なくとも、そうであるべきだったろう。

ショコラとローズ！はもう二言三言ずつ憎まれ口を叩いたものの、チームとしては両者はその場で和解。これ以上の騒動に発展する事は無かった。

（一見頼りないが、印象に残る人だったな……。あの時は、さすが名門チームのリーダーと感心したが……）

しかし、彼女はもう居ない。

魔法少女《にんげん》のキラキラジュエル！を捨てて、太陽系の女神たるエターナル・ブリリアント・プリンセスとなってしまった。

それにベリーはまだ知らないが、そのプリンセスさえも、もう……。

――と、そこで超光速の夢は終わる。

瞬間移動《ワープ》も終わる。

気がつけばベリーは新宿《しんじゅく》。いつもの路地裏《ろじうら》の隠れ家だ。

時計の針は二時二四分。地下施設で光に包まれてから時間は一秒たりとも過ぎていない。だが、それは彼女の腕時計だけの事だ。隠れ家に置かれたデジタル時計は、既に午前七時の三〇秒前。

外も明るい。もう朝だった。

つまりは『瞬間移動』どころではなく、何時間後かの未来にタイムワープさせられたという事らしい。プリンセスの魔力ならば時間を捻《ね》じ曲げるくらいはお手のものだ。

(……だが、とどのつまりは、四時間半掛かって移動したのと同じだな。次に姿を見かけたら文句の一つも言ってやらねば)

原理はともかく、結果として時間を損した事になる。《おしゃれ☆アンブレラ》なら一〇分と掛からないのに。スウィ～ト☆ベリーは眉《まゆ》をしかめた。

(ともあれ、七時か……)

ポータブルテレビを点けると、ちょうど〝ワイドモーニング・セブン〟が始まった。

今の時間帯なら、この番組が一番正確な報道だ。

ベリーが次にプリンセスの姿を見たのは、たったの五分後。

テレビ画面の中だった。

2

――ぴぴぴぴぴぴぴぴ♪

「ん……」

同じく午前七時〇〇分。

真白《ましろ》家の客間の布団の中で、奈々《なな》は携帯電話のアラームとトーストの匂いで目を醒ます。

瞼《まぶた》は、まだ赤い。昨夜泣き続けたから腫れていた。

「奈々ちゃん、起きた？　もう泣きやんだ？」

「里子《さとこ》さん……。うん、もう平気……たぶん、だけど……」

昨夜は、随分取り乱していた。

『あの時レイプされてりゃよかったのに』だの『それなら、少なくともこんな事にはならなかった』だのと口走った記憶もある。正幸《まさゆき》の前であんな卑猥《ひわい》な単語を口にしたのかと思い返すと、恥ずかしくて死にそうだ。

（でも――あんな風に泣いたのって、無意識ではあるけど、里子さんに叱《しか》られたくないからだったんだろうな……。『どうしてステッキを他人に貸したんだ』って叱られたくないから。それで誤魔化《ごまか》すために泣き喚《わめ》いたんだ。我ながら、ずるくて嫌なやつ。クラスの馬鹿な女みたい……）

「……里子さん、わたしの事、怒ってる？」

「う～ん……怒ってないわけじゃあないわ。でも、お説教は今度でいいわ。反省はしているようだし、どう悪い事をしたのかもだいたい分かっているみたいだもの」

「そう……」

「それより、もう朝ご飯が出来てるわよ。早く起きておあがりなさい」

「うん、食べる」

今朝は、この家から学校に行く予定だ。普段より急がないと遅刻してしまう。

奈々は手早く着替えると、朝食と正幸の待つリビングへと急いだ。

「……お早う、正幸さん」

「お早う。少しは元気になったかい？」

「うん……。昨日は、ごめんなさい。みっともないところ見せて……」

「いいからお食べよ。今朝は久しぶりに僕が作ったんだ。ほら、このオムレツの見事なこと！里子《さとこ》ちゃんじゃ、こうは綺麗に出来ないぞ」

里子の夫である正幸《まさゆき》は、白い歯を見せてにっこりと笑う。相変わらずの熊髭《くまひげ》で、目元以外は強面《こわもて》そのもの。しかし笑顔は素敵だった。

会社では『あの人が笑うと肉食動物が吠《ほ》えたみたいでもっと怖い』と言われているらしいが、少なくとも奈々《なな》と里子だけは無邪気な子供のようで愛らしいと思っていた。

「あら正幸《ゆっきー》さん、朝食の時にテレビなんて点けてお行儀悪い。しかも、こんな報道ぶってるだけの品の無い番組なんて」

「？　いつも見てるじゃないか。どうして今朝は駄目なんだい」

「馬鹿ね」

里子は声を潜めた。

「今日は木曜で御堂《みどう》シーナの出る日よ。また苺子《いちご》と弟子の話をするかもしれないじゃない。今朝の奈々ちゃんの前でそんなの観れる？」

「ああ、そうか」

内緒で話していたつもりなんだろう。しかし耳の良い奈々にはうっすら会話の中身が聞こえていた為、申し訳の無い気持ちで一杯になってしまった。

正幸はテレビを消すべくリモコンに手を伸ばす――が、しかし途中で、手は止まる。

里子も。奈々も。皆、動きを止めた。里子などは行儀悪く、オムレツを食べようと口を開いた状態のままで動きを止めてしまっている。まるでテレビの静止画のように。しかし逆にテレビ画面の中だけは淡々と動き、音声を発していた。

エターナル・ブリリアント・プリンセスの別れの言葉を。

『だが――もう、お別れだ』

全ての生命と物質に対する、あの別れの挨拶《あいさつ》が。

画面の中で、プリンセスは白い光に包まれ消えていく。

おそらくは地上から。いいや、おそらくは物質界そのものからも。

人知の及ばぬ場所へと去って行ってしまったのだろう。

人々にとっては生ける抑止力、真白《ましろ》夫妻にとってはかつての友人であったキラキラジュエル！ことエターナル・ブリリアント・プリンセスが。

「……正幸《ゆつきー》さん、奈々ちゃん、朝食をゆっくりいただきましょう」

精一杯の強がりだ。

「今日はきっと会社も学校もお休みよ」

3

やはり、同じく午前七時〇〇分。

都内某所にある、防衛省《ぼうえいしょう》第二熱力学《ねつりきがく》研究所。飛騨《ひだ》の第一研究所は実質上プリンセスを閉じ込める独居房《どっきょぼう》に過ぎなかったが、こちらは本当に研究施設。

一つ嘘があるとすれば、それは『熱力学』の部分だろう。

此処《ここ》は、一定レベル以上の規模の国家ならば何処《どこ》の国にも存在する『魔法を科学的に解析する為の研究施設』だ。

「所長、早朝に申し訳ありません。なにぶん忙しく、他に空いている時間が無かったもので」

「いや、構いません！　こちらこそ恐縮です！」

第四解析室。

居たのは二人。所長と呼ばれた初老の男と、もう一人。

もとキラキラアクア！であり巨大グループ企業アクアリウム社の代表取締役社長でもある水《み》城宇美《ずきうみ》。

ただし今朝は天才経営者としてではなく『世界一賢い女』兼『もと魔法少女』として招かれていた。

それも極秘で。

秘書も連れず、車も自分で運転して。

『世界一賢い』と同時に『世界一の金持ち』で『世界一多忙』と呼ばれた女が誰かと秘密裏《ひみつり》に

会おうとすれば、自然とスケジュールには無理が出る。その為、この髪の薄くなった五〇男も、自分の半分の年齢の彼女の都合に合わせざるを得なかった。

水城宇美の頭脳には、そうするだけの価値はある。

そして解析室の大机。

そこに並べられていたのは――。

『キラキラゴールド！用のスターアイドルスティックとコスチューム』

『ひみつのおしゃれ天使スウィ～ト☆ハニーの《おしゃれ☆アンクステッキ》』

『黒頭巾《くろずきん》こと仮面プリンセスハッチちゃんの杖《つえ》とマスク』

『黄金の騎士フェアレディの剣と兜』

『ウーパーさん・THE・ゴールドバーグの帽子』

いずれも金城《きんじょう》マリーこと〝花の騎士ハニーゴールド〟のマンションに隠してあった魔法少女の装備だ。

スウィ～ト☆ベリーがクローゼットの中で発見した以外のものもあり、中には鬼魔《キーマ》幹部の武器までもが混じっている。

もちろんハニー自身の『ラブエネルギー元素変換システム』も。

「所長、結論から申し上げます」

これら魔法の装備を前に、水城は言った。

「残念ですが、この装備は皆、再利用不可能です。今となっては玩具《おもちゃ》と同じです」

「やはり……。しかし、これらは『精巧《せいこう》にコピーされた本物』なのでしょう？　壊れているようにも思えませんが」

「そんな問題では無いのです。確かにこれらはラブエネルギー元素変換システムで造られた、或《あ》る意味『本物』と呼べる装備です。あのシステムはイマジネーションを実体化させるパワーを持っていますから内部の構造まで本物と同じ。しかし、だからこそ、です。

ご存知のように魔法少女というのは『選ばれた少女』だけが変身し、その力を使う事が出来るものですから。喩《たと》えば『キラキラゴールド！用のスターアイドルスティックとコスチューム』は『金星の守護者』の転生でなければ使えませんし、『仮面プリンセスハッチちゃんのマスク』は鉢《はち》かぶり姫の子孫でなければ使えません」

「ハニーゴールドは、そのどちらでもありませんが……」

「それもまた元素変換システムの力です。自らを元素ごと組み替える事で『金星の守護者』の転生や、鉢かぶり姫の子孫、天使に選ばれた少女などに『変身』していたのでしょう。普通は魔法でも難しい技術ですが、ハニーと彼女のシステムには可能でした」

水城宇美《みずきうみ》は表面的には笑顔を保ち続けていたが、内心では苛《いら》ついていた。

他人の装備を使えない事など、魔法少女研究の初歩だ。この新任の所長は、その程度の事も知らずに此処《ここ》の責任者を務めていたのか。

もし、そのような事が可能ならば、世界各国は諜報《ちょうほう》機関をフル活用して装備を盗み出していただろうに。

『他人の装備で魔法は使えない』

これは原則中の原則で、例外はごく稀にしか存在しない。

「絶対に再利用は不可能でしょうか……？」

「不可能です。どうして、それ程までに念を押すのですか？　魔法少女の軍事利用でもお考えで？　そんな事は私もプリンセスも許しませんよ」

これもまた原則中の原則だ。

『魔法少女を軍事利用するのは難しい』

理由は、魔力の源でありかつて鬼魔《キーマ》たちが狙った《キレイなココロ《ブリリアントハート》》。

この心の中にある超エネルギーは持ち主の精神状態に左右されやすいため、ストレスの多い軍事関係での利用は困難だった。一歩間違えれば暴走事故の危険さえある。

唯一の軍事利用例は、死んだハニーゴールドだ。彼女は『アンドロイド』と揶揄《やゆ》される程、強靭《きょうじん》な意志の持ち主だった。しかし、そんな彼女でさえ気が向いた時以外は任務を断っていたと聞く。魔法少女というのは、それ程扱いの難しい存在だったというわけだ。

さらに言えば実質的な神であるエターナル・ブリリアント・プリンセスは魔法の軍事利用を好まない。かつて某国が魔法少女を軍事顧問《ぐんじこもん》にスカウトしようとした事があったが、翌朝その国の軍と政府の高官たちは全員赤ん坊の姿になっていた。プリンセスの怒りを買ったのだろう。

そんなリスクを負うよりは現用科学の方がいい。

科学で魔法を再現する事は『ある程度ならば』可能であり、既に実用化もされている。例えばF22ラプター戦闘機は制限装置《リミッター》を解除する事により三機でハニーゴールドの戦闘能力を上回る。また隕石《いんせき》由来のレアメタルを部品に用いたパソコンや携帯電話は既に一般でも広く用いられ、その便利さは証明済みだ。いずれも水城《みずき》の頭脳の賜物《たまもの》だった。

……といった話もまた魔法少女研究の初歩であり、水城が最初にこの所長と会った際、念入りにレクチャーした点だったのに。

「お忘れで？」

「い、いえ——水城《みずき》女史、そうではありません！　魔法少女の軍事利用だなんて！　我々が危《き》惧《ぐ》しているのは、むしろその逆なのです」

「逆？」

「はい……。ハニーゴールドの装備ですが、実はその、幾つかが——」

エターナル・ブリリアント・プリンセスの消失について報告を受けたのは、ちょうどこの数分後。

職員からの報告を受け、所長は泣きそうな顔で狼狽《うろた》えた。

ストレスで残りの髪が全て抜け落ちるのではないかという勢いで。

「……それでは、失礼します。子供が待っておりますので」

混乱する所内を尻目に、もとキラキラアクア！水城宇美《うみ》は研究所を去った。

＊　　　＊

「どうしました、お養母《かあ》さま？」

「いいえ、何でもないわ。今日は幼稚園はお休みよ。どうせ休園に決まっているもの」

自家用車の窓から見る限りでも町はパニックを起こしている。この調子ならば、きっとバスや電車も運行停止になるだろう。

生ける抑止力がテレビの生放送中に地球から去れば、この程度の騒ぎは起こる。

とはいえ水城宇美の見立てでは、このパニックはそこまで長くは続かない。一般市民レベルでは沈静化まで半日程度。午後三時には皆、普通に生活をしている筈《はず》だ。

それまでに都内に居を構える各種企業はその機能を四一％程低下させるであろうし、彼女のアクアリウム社も例外ではないだろうが。

「今日は会社の育児室で過ごしなさい」

「はい、お養母《かあ》さま」

五歳になる養女をチャイルドシートに座らせて、水城《みずき》は車を走らせた。

4

〝彼女〟の事は、良く知っている。

これは『世界一賢い少女』だからではなく、単に友人であったからだ。

水城宇美《うみ》は、思い出す。一五年前に初めて出会った時、彼女はまだエターナル・ブリリアント・プリンセスではなかった。変身前だったから、キラキラジュエル！ですらない。普通の中学二年生だ。

水城自身も、まだキラキラアクア！ではなかった。成績優秀で天才と名高いが、しかし友達の居ない陰気な子。ある種の問題児だったと言っていい。

そんな水城に持ち前の人懐《ひとなつ》っこさで話し掛けて来たのが、あの少女。

星城しずく一四歳。

同じクラスの『勉強の出来ない、おっちょこちょいでお人好しの女の子』だ。

水城にとって初めて出来た友人だった。星城しずくは水城と逆で、勉強もスポーツも苦手だが明るく元気で友達は多かった。

翌日、水城は自分が『水星の守護者』の転生であるアイドル戦士キラキラアクア！の力に目覚め、またしずくもキラキラジュエル！だったと知る。

彼女が「友達になろう」と近づいて来たのは戦士の同朋を増やす為だったらしい。ショックを感じはしたものの、同じ秘密を共有する仲間になれた事は嬉しかった。

その後〝キラキラスターズ〟はメンバーを増やし、水城の仲間は増えていく。が、それでも一番仲が良かったのはジュエル！こと星城しずく。水城は常に頭の良し悪しで他人を評価して来たが、彼女だけは別だった。心の底から尊敬していた。

ある日突然戦士に選ばれ、人類の為に戦うなどという重責を背負わされたというのに、彼女は常に明るかった。毎日学校に通い、友達と遊び、恋もしていた。『将来は何になろうか』と夢も見ていた。鬼魔《キーマ》の侵略と地球の危機を知っていながらだ。

キラキラジュエル！——いや、しずくが居なければ、水城やチームメイトたちは重責に押し潰されていたに違いない。精神病院のダックさんは、もう一つの自分の姿だ。〝キラキラスターズ〟が五年間も戦えたのは、彼女が率先して〝戦士〟ではなく〝人間の少女〟であろうとし続けてくれたおかげだろう。

今でも彼女の言葉を思い出す。

『魔法はね、人を幸せにする為にあるんだよ』

『自分が難しい顔をしてちゃ、みんなも楽しい顔は出来ないじゃない』

『私はみんなに笑顔になってほしい。だから自分も笑顔でいたいの』

何気ない一言一言が、残らず水城《みずき》の心に染み込んでいる。

どれも笑顔で言ってた言葉だ。

(でも、それも途中まで……)

九七年の三月。ジュエル！は鬼魔《キーマ》界の女王であるプリンセス・オブ・ダークネスと戦う為に、前世の姿である『太陽系の女神』エターナル・ブリリアント・プリンセスに変身する。

それまでも鬼魔《キーマ》の大幹部との戦いでは度々この姿になってはいたが、しかし敵の女王の力はあまりにも強大過ぎた。ジュエル！はこの強敵を倒す為に、前世の真の力に覚醒《かくせい》し……そのまま戻れなくなってしまったのだ。

決戦に勝利したものの、彼女が変身前の名を名乗る事は二度と無かった。

九七年の四月上旬ごろまでは中身はまだ星城しずくだったが、やがて心の中までプリンセスになっていく。

さらには、その翌々月の六月、彼女は各国の核廃絶《かくはいぜつ》と大規模軍縮を条件に、地下施設で暮らす事に同意し、世俗と関係の無い存在となってしまった。

あれほど〝人間の少女〟であろうとし続けていた彼女が。

(そんな彼女も、もう居ない……)

プリンセスは世界を捨てて、消えてしまった。

水城の推測だが、彼女は人間としての物質《にくたい》を捨てて純粋な『現象』となったのだろう。エターナル・ブリリアント・プリンセスという現象――本物の神に。

(さようなら、しずくちゃん……)

「お養母《かあ》さま、泣きながら運転するのは危険です」

「ええ、そうね……。もう泣き止むわ……」

(もう泣き止むわ……。友情と想い出だけは永遠に近いと信じてるから……)

＊　　　＊

泣く程では無いが、他にも思い出す事はある。

喩《たと》えば〝花の騎士ハニーゴールド〟との会話だとか。

「よォ――アイツの話、何処《どこ》まで正しいと思ってる？」

確か、あれは九六年。ロックンロール鬼魔《キーマ》デスビートの事件の時だ。

アクア！たち〝キラキラスターズ！〟はスウィ～ト☆ベリーたち〝おしゃれ天使〟と揉《も》め事になり掛けた。しかし、ジュエル！がすぐに

『魔法は喧嘩《けんか》をする為にあるんじゃない。人を幸せにする為のものなんだ』

と皆をとりなしてくれた為、その場は何とか事無きを得る。

そして皆が帰ろうとしたその時、ハニーゴールド——その時は〝おしゃれ天使〟のメンバー、スウィ〜ト☆ハニーの姿をしていた——はひそひそと声を潜めて、アクア！に訊《たず》ねた。スウィ〜ト☆ハニーのものではなく、正体であるハニーゴールドの声と口調で。

『アイツの話、何処まで正しいと思ってる？』と。

「何をおっしゃりたいのです？」

「なァに、アンタがマジで感動してるように見えたからさ。『ジュエル！は何てイイコトを言うんだろう』って。どんくらいマジなのか気になっちまって」

「……その口ぶりからして、貴方はジュエル！の言葉に否定的なようですが？」

「まァな。つうか、その口ぶりからして、アンタはマジってコトなんだな？　なんだ『世界一賢い少女』も結構、なンつうか……カワイイもんだ」

「…………」

「ムっとした顔すんなよ。褒《ほ》めたのさ」

その時は、ただ怒っただけだったし、何故ハニーがわざわざそんな事を訊《き》いたのかも理解は出来ていなかった。

理解したのは、九七年になってから。

敵の女王を殺した後だ。

ウィッチ《Witch》・イズ《is》・デッド《dead》　ウィッチ《Witch》・イズ《is》・フォールン《fallen》
ウィッチ《Which》・イズ《is》・デッド《dead》？　ウィッチ《Which》・イズ《is》・フォールン《fallen》？
ジュエル《しずく》！の言葉と鬼魔《キーマ》の歌。
正しかったのは、どちらであるのか？

5

午前八時三四分。
プリンセスが消えて、約一時間半。
「ふん……」
スウィ～ト☆ベリーは、ポータブルテレビの狭い画面を見つめていた。
いつものアクアリウムタワーの建設現場で。
（……キラキラジュエル《プリンセス》！も消えた、か）
また一人、魔法少女が消えた。
誰かに消されたわけではなかったが、しかしあまりに突然の別れ。
そして、ベリーに告げた『ヒント』という不自然な発言。

単なる気まぐれで消えたのでは無いのだろう。

(外が騒々《そうぞう》しいな……。暴動――いや、ただのパニックか……)

先程テレビに新宿《しんじゅく》の様子が映っていたが、駅前で数千人が慌《あわ》てふためき、怯《おび》えた声を上げていた。

だが、人々には特に犯罪や暴力に走ろうとしている様子は無く、銀行やデパートが襲われる事も無さそうだった。

(私の出番は無さそうだ……)

必要とあらばベリーは暴徒《ぼうと》の鎮圧《ちんあつ》や治安維持をするつもりだったが、この分では必要あるまい。むしろ彼女が行けば、事態を混乱させるだけだろう。

治安が乱れていた頃のニューヨークやロスでは停電が起きただけで暴動が起こり、銃を持った暴徒が商店を襲っていたと聞く。ニュースで観た。それに比べれば、日本は平和だ。

守護者たるプリンセスが消えたのに、ただ誰も彼もが慌てふためくばかり。恐怖心が暴力へと誘導される事は無さそうだった。電車やバスの運行停止、企業活動の機能低下、ちょっとした口論や喧嘩《けんか》といったトラブルは起こるだろうが、しかし魔法少女による武力鎮圧までは必要とされないだろう。

勿論《もちろん》、海外の治安の悪い都市では、想像通りの暴動が起こっていたかもしれない。しかし、どの道ベリーの手は外国にまでは回らない。

（……これは、安堵《あんど》すべき事なのだろうか？）

九〇年代後半から、東京の治安は悪化の一途を辿《たど》っていると言われている。だからこそベリーも魔法少女として犯罪と戦っていた。

だが、この街の穏やかさ——思ったよりは、という意味だが——はどうであろう。実際は、さほど治安は悪くも無かったのか？

或《ある》いは、実は『この世界は魔法《プリンセス》をそこまで必要としていなかった』という事か？

確かにプリンセスは人類を鬼魔《キーマ》と第三次世界大戦から守ってはいたが、もとから鬼魔《キーマ》は女王を殺されて壊滅《かいめつ》状態だったのだし、現在の世界情勢を鑑《かんが》みればプリンセスが居なくとも世界大戦が起こるとは思えない。

（だから、なのか……？）

——ＲＲＲＲＲ！

《エンジェルポシェット》の中で、魔法の携帯電話《おしゃれ☆ピッチ》が鳴った。

「……誰だ？」

『……僕です、サクラです』

助手のサクラからだ。自分の携帯電話から掛けて来ているらしい。この《おしゃれ☆ピッチ》

はあらゆる電話や無線機と回線を繋《つな》ぐ事が可能だった。

『ベリー、テレビ観ましたか？　エターナル・ブリリアント・プリンセスが……!!』

「観た。知っている」

『あの——僕も、そっちに行っていいでしょうか……？　その、ええと……何か一緒に出来る事があるかもしれませんし……』

「いいや、問題無い。お前は学校に行くか、でなければ家で家族と過ごしていろ」

『はい……』

電話の向こうで、サクラはがっかりした声を出していた。

どんな表情をしていたか、ベリーにも想像はつく。

（この子は、私と一緒に居たいのだろうな……）

プリンセスの消失が不安で、頼りになるベリーの傍《そば》に居たかったのだろう。

家族よりも自分《ベリー》と一緒の方が安心——そう告げられた事には、嬉しくさえ思っている。しかしこんな時には、自分などと居るべきではない。

（本当に不安な時は、家族か——でなければ友達と居るべきだ。私のように、どちらも失くした者以外は……）

自分では、その代わりに相応《ふさわ》しくないのだから。

「それで思い出した事がある。サクラ、お前は……」

『はい、何でしょう』

「お前は、友情と想い出は永遠だと思うか？」

『……はい？　何ですって？』

「………いや、気にするな。ただ訊《き》いてみただけだ」

馬鹿な質問をしてしまった。プリンセスの言葉が気になって、つい余計な事を言ってしまった。しかも子供《サクラ》に訊くなんて――。

（……疲《つか》れているのかもしれないな）

考えてみれば、しばらく一睡もしていない。

プリンセスがテレポートなどさせなければ仮眠の時間くらいはあったのに……。

「ああ、永遠だとも」

「――――!?」

不意に、声！

隠れ家の外から、野太い男の声がした。

薄壁一枚の、すぐ外から。

「友情や想い出は永遠だ。そうだろ、ダチ公？　俺は『恨み《おもいで》』を忘れねえ」

「お前は……」

外に出ると、そこには見覚えのある顔。

つい二日前の夜に見た顔だった。

「いい家じゃねえか。ダンボールハウスってえのかい？　ホームレスに混じって暮らしてるたァ、オメェにゃあお似合いだ」

黄島俊次《きじましゅんじ》、五二歳。

太田組若頭《わかがしら》であり自らも二次団体組長を務める暴力団幹部——そして金城《きんじょう》マリーの死をこのベリーに知らせた男だ。

(プリンセスの瞬間移動のおかげだな。しかし、やはり疲《つか》れていたらしい。外にコイツが居るのに気づかなかったとは……)

だが、この男には敵意はあっても殺気は無く、武器も持ってないようだった。もし殺気があればベリーもさすがに気配を感じ取っていただろう。

(……他人に殺《や》らせるつもりなのか？)

それならば黄島が丸腰なのも頷《うなず》ける。

「この指、見てくれよ。オメェの折った指だ。わざわざ親切で『キラキラゴールド！が死んだ』って教えてやったのによぉ……俺の指を！　右手の指、全部折りやがって！」

「親切の礼だ。それに、あの時は急いでいたしな。その程度で済ませてやった。本当なら腕ごと複雑骨折させていた」

指四本で済んだのは幸運であったのだろう。

「ああ、そうかもしんねえな。ともかく、思い出は永遠だ。俺はあン時の『恩』は忘れねえ。絶対《ぜって》ぇ『お返し』してやろうと思ってた」

「礼なら不要だ。毎晩やっている事だ」

「いいや、するね！　だから、わざわざこの計画に乗ってやったんだ！」

「……計画だと？」

「ああ、そうとも。てめぇの居場所が知りたいって言うからよォ、調べて密告《チンコロ》してやったのさ。新宿《しんじゅく》中のホームレスに金を配って聞き出したんだぜぇ」

「密告《チンコロ》？　誰に――？」

　――その瞬間！

『――GO！』

　掛け声。

　と、靴《くつ》音。おおよそ一〇人分の駆け足の音がした。

　路地《ろじ》裏《うら》の外や、物陰から。

（なるほど、これが密告の相手か……厄介《やっかい》だな）

　警視庁特殊急襲部隊《Special Assault Team》。通称ＳＡＴ。

　重武装とテレビドラマ化で有名な警察のテロ・重犯罪対策部隊であり、ベリーも何度かやり合った事がある。

主な武装はドイツ製のMP5短機関銃と国産の八九式自動小銃。突入して来たのはざっと一〇名ほどだが、これが全員ではあるまい。この狭い路地裏《ろじうら》の外には、さらに数倍の隊員が待ち構えていると見ていいだろう。

ただしベリーが『厄介《やっかい》だ』と感じたのは、武装でも人数でもない。

相手が警官だからだ。

夢見るおしゃれ天使スウィ～ト☆ベリーは、正義の味方。一〇年以上の非合法活動を続けながらも、それを疑った事は無い。

だから警官は敵ではない。

自分は指名手配犯であるから、正しくは味方ではないのだろう。しかし余程の悪徳警官でもない限り、ベリーが警官に対して攻撃を加えた事は今まで一度たりとも無かった。

（……ひとまず、逃げるか）

急襲隊《SAT》まで出て来ている以上、おそらく大規模な包囲が敷かれている。普通ならば逃げられまい。しかし魔法少女の跳躍力が『普通ならば』に含まれる事は無いだろう。ベリーはわずかに腰を落とし、真上に向けて跳躍しようとするが――。

そこで黄島《きじま》が声を荒げた。

「逃げんじゃねェ！　人質殺すぞ！」

人質――。

その語彙《ごい》で、ベリーの動きは一瞬止まった。

「オメェの弟子とその家族が人質だ、何の為に俺が居ると思ってやがる。こいつはな……警察《サツ》とヤクザの合同作戦なんだよ！」

機関銃と防弾チョッキで武装した隊員たちが迫り来る。

そう言えば――とベリーは右手に握ったままの《おしゃれ☆ピッチ》を思い出す。

突然の事であったから、通話を切るのを忘れていた。

『――もしもし、ベリー！　そっち、何が起こってるんです⁉』

スピーカーからはサクラの声が聞こえたままだ。

（………どうなっている？　嘘だとすれば、あまりに雑だが――）

スウィ～ト☆ベリーには珍しく、額に焦《あせ》りの汗を垂らした。

その間にも銃口は迫る。

追い詰められたベリーは、遂《つい》に……。

# 第六章「誰かが街の何処かで」

## 1

時は遡《さかのぼ》る。

「……ねえ正幸《ゆつきー》さん、やっぱり行くのはおよしなさいな？」

時計は、八時ちょうど。ベリーと黄島《きじま》の会話から、おおよそ三〇分ほど前になる。

場所も変わって、真白《ましろ》家の玄関口だ。

「どうせ今日は、会社も学校もお休みじゃないかしら」

「学校はともかく、会社はそういうわけには行かないよ。いろいろ配だしね」

「あたしは貴方の事が心配だけど……」

玄関口で里子《さとこ》は正幸《まさゆき》のネクタイを絞《し》めながら、むくれたような顔をした。

確かに大会社の開発部長ともなれば責任も重く、そう簡単には休めまい。

それは里子も分かっていたが。

「平気だよ。テレビで言っていただろう。パニックは思ったより大した事は無いって。危険な事なんかありはしないさ」

「だったら、ますます行く必要は無いじゃないの……。ねえ、例のものは持った？　こんな時だもの、アレを御守り代わりに持っていくのよ」

「里子ちゃんは心配症だなあ。それより奈々《なな》ちゃんこそ、うちに残ればいいのに。公立高校は休校だってテレビで言ってただろう？」

「ううん……わたしも家が心配だから……」

家と、父親と、いつも世話になっているお隣の家族と……。

それから、佐倉《さくら》少年。

昨夜、佐倉がスウィ～ト☆ベリーと一緒の姿を見てしまったせいだろう。ずっと彼の事が気になって仕方がなかった。

（今すぐ、佐倉と話がしたい……）

昨夜から、そう思い続けていた。

「奈々ちゃん、僕の車に乗って行くかい？　バスはまだ動いてないらしいよ」

この会話を三〇分前とするならば、二人が車で出発したのは約二八分前となる。

＊　　＊

一方、また別の男たち。

「──で結局、やんのかよ？　プリンセスが消えたのに。あちこち騒ぎになってて、警察《サツ》も忙しいんじゃねえのか？」

「いや、決行だそうだ。アイツを野放しにしたら、逆に混乱のキッカケになりかねないって事なんだろうな」

もし自警団気取りで群衆に暴力でも振るわれたら、それこそ大暴動の口火になりかねない。それを危惧《きぐ》しての決行だった。

「あと、お偉いさん連中が準備を無駄にしたくねえんだろ。仕度だけでも高い予算を使ってるんだ。中止したら責任問題になっちまうから」

「やだねぇ、お役所体質ってえのは」

チームは七人。二台の車に分乗している。どちらも窓をフルスモークにしたベンツであったが、実はスクラップから強引にレストアしたものであるため値段は国産中古車程度。車体ナンバーは削ってあり、ナンバーも偽造したものだった。

つまりは犯罪行為専用に用意された車両。

乗っている七人のうち六人も、同じく荒事《あらごと》専用に用意された人材だった。

暴力団のヒットマンだ。

「……よし、やれ」

「うぃっス」

正幸《まさゆき》の車が出発して一五分。

つまりは一三分前になる。

電車が止まっているだけあって、道路は混んでいるらしい。一部の国道などは大渋滞《だいじゅうたい》を起こしていたようだったが、しかし、さすがに杉並《すぎなみ》の住宅地近辺ともなるとさほどでもない。普段より三、四分ほど時間が多めに掛かっただけで済んだ。ラッキーだ。

やがて、彼女のマンションが見えてくる。

「奈々《なな》ちゃん、着いたよ」

そう言って、正幸は車を停める。マンションの前には見かけない外車が路上駐車していたが、奈々はそれほど気にならなかった。

「それじゃあ、またそのうち遊びにおいで」

「うん、ありがとう……」

と奈々が会釈《えしゃく》して車から降りた……その瞬間！

「～～～～～っ!?　んぶ～～ッ！　ング～～っ！」

奈々は口元に布切れ――タオルか何からしい――を当てられて口を塞《ふさ》がれ、そのまま停めてあったベンツの後部座席に引きずり込まれる。

数人の男たちに。

先述の暴力団のヒットマンたちに。

男たちの腕力《わんりょく》・握力《あくりょく》はあまりに強く『少しスポーツが得意なだけの女子高校生』奈々《なな》の力では抗う事は不可能だった。しかも、

「抵抗するな。家族を人質に取っている」

などと耳元で囁《ささや》かれては！

「奈々ちゃん！　お前ら、一体――!!」

正幸《まさゆき》が車から降り、奈々たちに駆け寄ろうとするが――しかし、男たちにとっては織り込み済みの状況なのだろう。男の一人が短い鉄パイプを手に待ち構え、運転席のドアが開いた瞬間、正幸の頭部を強《したた》かに殴打《おうだ》する。

「～～～～っ！」

奈々は『正幸さん』と叫ぼうとしたが、口はタオルで塞《ふさ》がれたまま。

三度ほど後頭部を殴打された正幸は、そのまま意識を失いアスファルトへと倒れ込んだ。

「ンぶ～～～～っ!?　ん～～っ！　ん～～っ！」

奈々のタオル越しの喚《わめ》きを無視し、男たちは車を走らせる。奈々の両脇には男たちが一人ずつ。それぞれが左右の腕を掴み、押さえつけていた。

両腕を掴まれながらも、彼女は必死に身をよじらせたが
「動くんじゃねえっ！」

と、左側の男に殴《なぐ》られた。岩石の塊《かたまり》を連想させる、硬く大きな握り拳で。

ボディブローだ。

狭い車内で座った状態からだったが、この男は慣れているのだろう。こんな体勢なのに綺麗に鳩尾《みぞおち》の中心に入った。

「ゞんほおおおおおおおおお……ッ！」

無様《ぶざま》でみっともない呻《うめ》き声。

だが仕方は無い。一七歳の女子が喰らうには、あんまりな痛みと衝撃だ。

この鳩尾《みぞおち》へのブローによって奈々からは呻き声だけでなく、涙や涎《よだれ》、鼻水、――さらには朝食のオムレツまでも胃から逆流して噴きだしそう。

タオルのせいもあって顔中がべとべとに汚れるが、しかし抵抗は出来ない。腹部の痛みと、それから暴力への恐怖の為に。

「おい、早く手錠《ワッパ》掛けろ！　それから口！　猿轡《ボールギャグ》！　呪文使われたらどうすんだ！」

「わかってる！　急かすんじゃねえ！」

先程ので有効性を確認したのか、左側の男は再び「ふンっ」とボディブロー。

「ひンぎいいいいいいいいいいっ!?」

先程とは違って、鳩尾の中心からやや外れて入った。しかし痛い事には変わらず、また見苦しい悲鳴が漏《も》れてしまう。

脱力して半開きになった口に、男たちは奇妙な器具を取り付ける。

最初は分からなかったが、バックミラーに映った自分の顔で、奈々《なな》はやっとそれが何だったのかを理解した。

ボールギャグ——西洋風の猿轡《さるぐつわ》。学校で男子が回し読みしていた雑誌に載ってた器具だ。

さらには両手に手錠《てじょう》を嵌《は》められ、ますます男子たちの雑誌と似た姿になっていく。

「OKだ。早く若頭《カシラ》に電話しろ」

＊　　　＊

移動中の車の中。

猿轡《ボールギャグ》は息苦しく、自然と呼吸は荒くなる。奈々が息を吐くたびに『ぶふー、ぶふー』と音が鳴り、隙間《すきま》から唾液《だえき》が飛び散った。

「ぶふ〜、ぶふ〜……」

そんな状態のまま、奈々は右側の男に携帯電話の画面を見せられる。

『へへっ、最近の携帯は便利なモンだな。テレビ電話機能《こんな》まで付いてやがる。アーアー、聞こえてるかい、お嬢ちゃん——いや、ここはむしろ〝魔法少女ぷちマジかるウサミーSOS〟と呼ばせてもらおうか』

「んぶーっ？」

『俺の顔、忘れちまったかい？　太田組の黄島《きじま》だ。一昨日、アンタの師匠に指を折られた者《モン》だよ』

知らない。

忘れたのではなく、最初から知らない。暴力団員の知り合いは居ないし、師匠なんてものも彼女には居なかった。

だが、画面の男は構わず話を続ける。妙に芝居がかった語り口で。漫画の悪役でも気取っているつもりなのだろうか。

『車に乗ってるのは、だいたいウチの組員だが――助手席に妙に品のいいのが座ってるだろ？その芳川《よしかわ》はヤクザでなく若手の警察官僚だ。警視総監《けいしそうかん》の親戚でもある東大卒エリート様だぜェ？　今回の仕事が〝警察《サツ》は無関係で俺たちが勝手にやった〟とバックレられないよう、実行犯に加わってもらったってえワケよ。ま、ある意味、人質だな。俺たちの大好きなヤツだ。

さて、ぷちウサミー――』

「んぅ～～……」

『スウィ～ト☆ベリーの弟子がアンタだってのは、最初にテレビで見た時から分かってた。何せ俺《おり》ゃあ、マジかるウサミーのファンだったからよォ。ドキュメンタリー番組も毎週欠かさず観てたし、背中に入墨《モンモン》も彫ってあんだ。コスチュームはちょいと変えてたみてぇだが、魔法はウサミーとおんなじモンだったし、だとすりゃあ正体はその妹に決まってんだろ。ウサミーの妹は《マジかるコロン》を借りて、ぷちウサミーとして変身してたもんなぁ！ドキュメンタリーの一九話でよォ！』

「むぐぅ……」

いろいろ言いたい事はあったが――しかし、奈々《なな》にもやっと状況が飲み込めた。

(――わたし、佐倉《さくら》と間違えられてる！)

全く想像してなかったわけじゃない。

いつかはこんな事になるんじゃないか、と。

あの犯罪者スウィ～ト☆ベリーのせいで佐倉が警察や犯罪者に狙われるんじゃないかって。そして自分も巻き込まれるんじゃないか、って。

ここまで最悪の状況になるとは思ってもいなかったけれど……。

『魔法で逃げようとは思わねぇ事だな。今も手下にオメェの家を張らせてるからよォ、居間の親父さんを拳銃《チャカ》でブチ殺すくれぇ軽《かり》ぃもんだ。

それから離婚した母親も、仲良しのお隣サンも、昨夜泊まった若夫婦も、その気になりゃあ全員マトに掛けられる。これも全部、お嬢ちゃんの火遊びのツケだな。スウィ～ト☆ベリーなんかとツルむから、こんな事になるんだぜェ？』

「ンぐぅう……」

自分ではなく佐倉《さくら》の火遊びだ――そう思ったが、すぐに自らの誤りに気が付いた。

（違うか……やっぱり、わたしの火遊びだ。わたしが佐倉に《マジかるコロン《ステッキ》》を貸したせいで、こんな事になったんだから……）

そんなの最初から分かっていた事だというのに。

（どうしよう……。佐倉に嫌われたくないから《マジかるコロン《ステッキ》》貸してたけど……あんまり考えないようにしてたけど……。でも、薄々分かってた。佐倉もわたしも、すっごく危険な事をしてるんだって……）

魔法少女は、危険。

〝禁止法〟なんかと関係なく。

彼女は――魔法少女ウサミーの妹は、それをよく知っていた筈《はず》ではなかったのか。

『まあ、そのザマじゃ変身だって無理だろうがよ。とりあえずオメェの身柄は師匠《ベリー》の人質にさせてもらうワ。面白れぇなァ？　ベリーの人質取る為に、その人質の家族を人質にして、警察《サツ》のエリートも人質にして………ははは ッ、人質ドミノだ！　俺《おれ》やア何度人質って言やあいいんだァ？

それとよォ、ついでに訊《き》きたい事なんだがよォ――』

テレビ電話の向こうから、初老のやくざは嗤いながら奈々《なな》に訊《たず》ねた。

それはひどく重要で、且《か》つ専門的な質問。一介《いっかい》の暴力団幹部が興味を持つ必要の無い問いだった。

『……オメェ、どうして変身出来る？』

そう、これは理論的には異常な事だ。

魔法アイテムは選ばれた本人以外には使用出来ない。

これは魔法少女学をかじった事のある者ならば誰もが知っている常識だった。

だが《マジかるコロロン》は奈々の姉、魔法少女ウサミーのもの。なのに何故、別人が変身出来る？

まさかウサミーの《マジかるコロロン》《ステッキ》は使用者を特定しない、誰にでも使える魔法アイテムだったのか？　もしそうならば、これは世紀の発見だ。科学、軍事など数多くの分野に多大な貢献をもたらすだろう。

『さる筋から調べてくれって頼まれてんだ。なあ、マジでオメェどうして変身出来るんだ？教えてくれよ、俺も魔法少女になりてぇからよォ』

「…………」

無論、猿轡《ボールギャグ》の為に奈々は答える事は出来ず、ただ『ぶひゅー』と息の音を鳴らすのみ。

「ぶひゅ〜、ぶひゅ〜……」

『ふウン、黙秘権ってワケかい？　まア、いいさ。そのヘンは警察《サツ》だかどっかが聞いてくれるだろうよ。それよか今は〝本来の使い道〟が先だしな』

本来の使い道。

つまりは、人質。

ここで時間はゼロ。黄島《きじま》は隠れ家の中から電話するベリーの声を聞き、彼女《ターゲット》が中に居た事を知る。

『さて、始めるか…………ああ、永遠だとも！　友情や想い出は永遠だ。そうだろ、ダチ公《ベリー》？

俺は〝恨み《おもいで》〟を忘れねえ』

こうして前章の最後へと続く――。

2

舞台は移る。

新宿《しんじゅく》の路地《ろじ》裏《うら》、無数の警官《SAT》に囲まれたおしゃれ天使スウィ～ト☆ベリーに。

「オメェの弟子とその家族が人質だ、何の為に俺が居ると思ってやがる。こいつはな……警察《サツ》とヤクザの合同作戦なんだよ！」

『――もしもし、ベリー！　そっち、何が起こってるんです⁉』

多少だが、事情はベリーにも察しが付いた。

この黄島が捕えたのはサクラではない。おそらくはマジかるウサミーの妹だ。

（……何らかの方法でサクラの魔力がウサミーと同じものと知ったのだろうな。どうやってかは知らないが）

黄島本人は『大ファンだから気付いた』と奈々《なな》に対して言っていたが、それはまだベリーの知らない話。いずれにせよ〝魔法少女マジかるウサミーＳＯＳ〟の名が出れば、妹の奈々に辿《たど》り着くまでさほど時間は掛かるまい。

（人質か……どうするべきか？　サクラ本人なら見捨てるべきに決まっているが……）

サクラを助手にする際、最初に念押しした事だった。『もし人質になっても、自分《ベリー》は決して交渉《こうしょう》に応じない』と。それと『仲間と他人が同時に危機に陥《おちい》れば、喩《たと》え悪人であろう他人の生命を優先する』とも。

『覚悟の出来ている者から犠牲《ぎせい》になるべき』

ベリーに言わせれば、これは魔法少女として最低限度の心構えだ。魔法というものは、誰かの幸せを守る為に存在するべきだったから。

だが人質となっていたのは、その隣人。

誤解で捕らえられただけの気の毒な少女だ。

いや、そもそもサクラ本人だとしても、本当にベリーは見捨てていただろうか？　口ではどう言っていようとも、助手を見捨てる事が彼女に出来ていたのだろうか？

（……あの娘は助けるべきだ。だが果たして自分が屈していいのか？　こんな卑劣《ひれつ》な手に屈しても――いや、そもそも警察が、暴力団の手を借りて人質作戦など許されるのか？　此処《ここ》に正義は存在するのか？）

何が本当に正しい選択か？

ベリーは奥歯をぎりりと噛《か》んだ。強く噛み過ぎてかりりと歯先が欠けた気もする。無数の銃から赤いレーザーポインターを向けられ肌《はだ》は麻疹《はしか》のように斑点《はんてん》だらけ。体中が痒《かゆ》くなる。気のせいだとは分かっているが。背筋や掌《てのひら》から汗が流れる。

スウィ～ト☆ベリーは追い詰められていた。

物理的な意味だけでなく、どちらかと言えば精神的に。

だが、精神を追い詰められていたのは銃口を向けるＳＡＴ隊員たちも、また同じだったのだろう。ベリーが痒くなった肌をかこうと左手を動かした……その刹那《せつな》！

「――撃《て》ぇっ！」

焦《あせ》った号令。同時に銃声。

急襲隊員一〇人分――短機関銃六丁、自動小銃四丁分の火力が鳴る。

屋外で撃つ機関銃は『ダダダダッ』や『バンバン』ではなく、むしろ『ガカーーー』という音になる。最初の裁縫ミシンは機関銃の技術を応用して生まれたらしいが、なるほど音は少し似ていた。

一〇年間犯罪と戦って来たベリーだ。銃で撃たれるくらいは日常茶飯事であり、実際に弾丸を喰らった経験も一度や二度の事ではない。魔法少女が銃弾を喰らえば『草野球でデッドボールをぶつけられる』程度に、或《ある》いは『酔っ払ったアマチュアボクサーに殴《なぐ》られる』という程度には痛かった。痛いが、極端に打ち所が悪くなければ重傷を負う事は無い。

しかし、それも一発や二発の話。

一度に一〇〇球デッドボールを投げつけられれば、どんなバッターでも無事では済むまい。

「………あ──」

だが、これは失策《ミス》。焦りの結果。

『撃ぇ』の号令は、掛けるべきではなかった。

ベリーも、隊員たちも、号令を掛けた班長本人も、皆がそう感じていた。いや、そもそもの作戦そのものが、だ。

《キレイなココロ《ブリリアントハート》》を動力源《パワーソース》にする魔法少女を精神的に追い詰める──それが、どれ程危険な事か。

それを思えば、より慎重に事を運ぶべきであったのに。

「あ──あま……」

必殺技の際には、ポーズを決めながら技名を叫ぶ。

それは第三世代魔法少女のほとんどに組み込まれていた『仕組み』だった。

喩《たと》え本人の意思に依らない『暴走状態』の結果であろうと。

「――甘くてスウィートな夢を届けるベリー・ピンクベル・ハートヴァイヴレーション!」

スウィート☆ベリー後期の必殺技〝甘くてスウィートな夢を届けるベリー・ピンクベル・ハートヴァイヴレーション〟。

この技名は大手玩具(おもちゃ)メーカーのマーケティング部門が考えたもので、長さは第三世代では三位になる。クリスマス商戦向けの新開発武器《おしゃれ☆ベリーピンクベル》から、ハート型の光波を放射。超高熱で敵の鬼魔(キーマ)を炊き尽くすという熱光学系の必殺技だ。

そして、もしその力が人間に向けられれば――。

(う……うああああ――)

染み。

一〇人の警官(SAT)たちは防弾チョッキごと蒸発し、コンクリートの染みとなった。銃を構えたポーズのままの、人型の黒い染みに。

ぷん、とすえた臭いがするが、これは人体の水分が瞬時に蒸発した臭い。

臭いを嗅いでスウィート☆ベリーは、

「うわあああああああああああああああああああああああああああああああああああああああああああああああああああああああああああああああああああああああああああああああああああああああああああああああああああああああああああああああああああああああああああああああああああああああああああああああああああああああああああああああああああっ!」

と狂ったように泣き叫んだ。

ベリーが幾ら泣いたところで、何かが戻るわけでも無いが……。

＊　＊

暴走事故。

魔法は、精神のパワーだ。人間の精神である以上、それは当然不安定。ましてや一〇代の少女や、一〇年間犯罪と戦うストレスに晒《さら》されていた人間ならば尚更《なおさら》だろう。であるから精神が極限状態にまで追い込まれた時、このような魔力の暴走が起こり得る。九〇年代に彼女たちが合法活動をしていた時代から、稀《まれ》に報告のあったケースだ。

魔力源《パワーソース》たる《キレイなココロ《ブリリアントハート》》の『灼き付き』という言い方をしてもいい。心《ココロ》が焦げて炭になるまでの、最後の一瞬の輝きだ。もし鬼魔《キーマ》たちの持っていた『ココロ探知センサー』を使えば、ベリーの胸には真っ黒に灼けた《キレイなココロ《ブリリアントハート》》が見えただろう。

ただし、このベリーの暴走の仕方は、確認されている中でも最悪のケース。

（まさか、こんな……!!　わたしは、なんてことを――!!）

必殺技を全方位に発射して警察官一〇名を殺害するとは。

魔法少女史上に残る、大虐殺《ぎゃくさつ》事件だ。

「いやあああああああああああああっ！　嫌あああああああっ！　うあああ

あああああああああああああああああああああああああああああああああああああああああああああああああああああああああああああああああああああああああああああああああああああああああああああああああああああああああああああああああああああああああああああああああああああああああああああああああああああああああああああああああああああああああああああああああああああああああああああああああああああああああああああああああああああああああああああああああああああああああああああああああああああああああああああああああああああああああああああああああああああああああああああああああああああああああああああああああああああああああああああああああああああああああああああああああああああああああああああああああああああああああああああああああああああああああああああああああんっ！　うわああああああああああああああああああああああああああああああああああああああああああああああああああああああああああああああああああああああああああああああああああああああああああああああああああああああああああああああああああああああああああああああああああああああああああああああああああああああああああああっ！」

後続の隊員たちが乗り込んだ時に見たものは、
『路地裏に描かれた地獄絵図』と
『泣き叫ぶ一三歳の少女』の姿だった。

夢見るおしゃれ天使スウィ～ト☆ベリーは、この日の午前八時四三分をもって逮捕される。

悪臭漂う、この路地裏で。

3

「あまり思い出したくはありません……」

突入班の一〇名は全滅したが、作戦に参加した警官たちが一人残らず死亡したかと言えば、そうでもない。

狭い裏路地を包囲する為に、外側で待機していた者も居れば、通信や車両の運転などを担当していた者も居た。計四三名。突入した数の四倍以上だ。暴走を終えたスウィ～ト☆ベリーを取り押さえ、身柄を確保したのも彼らだった。

そのうちの一人である若い隊員は、こう語る。

「怖かったのです。その光景が。いえ、突入隊員の死体ではなく、その……〝彼女〟がです」

彼が第二次突入班として路地裏に乗り込んだ時、そこには泣き叫ぶ〝彼女〟が居た。

地べたに跪《ひざまず》き、蹲《うずくま》り、つんざくような声を張り上げながらアスファルトの地面に爪を立てていた。

最初はヒステリーによる異常行動かとも思えたが、しかし隊員たちはすぐに『染みになった人体を地面から剥《は》がそうとしているのだ』と理解する。しかし異常な行動には違いはない。染みはなかなか剥がれなかったが、代わりに爪は剥がれて血が流れていた。

それは狂気の光景だ。

「……きっとあの光景は夢に出るでしょう。それを思うと今夜は眠るのが怖ろしいです」

「話は分かった。だが、君の睡眠時間の話に興味は無い」

彼の上司にとって、興味は別の点に在る。

即《すなわ》ち、以下の点。

「この娘は、本当にスウィ～ト☆ベリーなのかね？」

疑問は当然。

夢見るおしゃれ天使スウィ～ト☆ベリーは、九六年のデビュー当時に一三歳。あれから一一年経っているから、今年で二四歳になる。テレビや新聞、手配書の写真にも常に、その年齢に相応《ふさわ》しい姿の女が映っていた。

しかし今、手錠《てじょう》で拘束《こうそく》されていたのは『二四歳』でなく、また『魔法少女』ですらもない。

背丈《せたけ》といい、顔つきといい、せいぜいが一〇代前半。

制服姿の女子中学生だ。

「いやああああああああああああああああああああああああああああああああああああああああああああああああああっ！　はなせぇ！　はなせえっ！　はなああああせえええええええええええええええええええええええええっ！」

まだ鎮静剤が回ってない為、まるで獣のようであったが。

「本当に？」

「はっ、この少女で間違い在りません！　あの路地裏《ろじうら》に居たのは彼女だけでしたし、顔も一一年前のベリーに少し似ています」

「そうかね？　私にはよく分からんが……」

何故若返ったかまでは不明だが、疑うべくも無い事だ。

これが非合法魔法少女スウィ～ト☆ベリーの『正体』なのだろう。

この子はやがて、彼女を恨《うら》む悪党ばかりで満杯の刑務所に送られる。若い隊員は多少哀れに感じたものの、しかし客観的に見て当然の報《むく》いではあった。

（これを因果《カルマ》と呼ぶのだろうな。物事の帳尻《ちょうじり》というものは、いつか必ず合う事になっているんだ……）

4

午前八時四一分。

真白《ましろ》家。

一人、家に残っていた真白里子《さとこ》は、テレビの画面を見つめながら深い深い溜め息を吐《つ》く。

（苺子《いちご》……いつかは、こんな事になると思った……）

その時、彼女は部屋の片付けの途中。昨夜は奈々《なな》が泊まるという事で、寝室の棚から幾つかの物品を隠していた。喩《たと》えば、普段は散らかしっぱなしのがらくたや、夫婦生活の為のちょっとした道具など。

テレビを見た時に手に持っていた薄い本も、それらの一つ。

いわゆる同人誌というやつだ。里子《ショコラ》たちの現役時代に描かれた、自費出版のポルノ漫画。本の中では里子《ショコラ》を含む〝おしゃれ天使〟四人が、触手の怪物を相手に、延々と濡れ場を演じている。

（やれやれ……）

一〇年前はこのような本の存在を知った際は、ひどく腹を立てていたものだが、今となっては懐かしい想い出だ。先月古本屋で見つけた時に、つい人目を忍んで買ってしまった。

消えたプリンセスはテレビで『想い出はほぼ永遠』と言っていたが、これもその一つなのだろう。不愉快な形とはいえ、この薄っぺらい猥褻《わいせつ》な本は『知らない大勢の人たちに愛されていた証拠』であったろうから。

でも、それはもう遠い想い出だ。

今後、魔法少女《じぶんたち》が人々に愛される事は無い。決して無い。どんな形であろうとも。テレビを見て、里子《さとこ》はそれを確信した。

新宿《しんじゅく》駅周辺の騒ぎを取材していたカメラクルーが、偶然撮影してしまったものらしい。

テレビの中では、スウィ〜ト☆ベリーが警官たちを——。

(『初代』のスウィート・ショコラがよく言ってたっけ。『人は魔法では幸せになれない』って……。まさに、それだわ……)

この惨劇《さんげき》。

まさに不幸そのものだ。

——RRRRR

その時、居間の電話が鳴った。

『もしもし、里子ちゃん！　僕だ！　大変だ！』

夫の声の必死さに、里子は瞬時に幾つもの状況を想像したが――、

『奈々《なな》ちゃんが誘拐《さら》われた！』

現実は、そのいずれよりも最悪だった。

正幸《まさゆき》は心配を掛けまいと一部の事実を伏せていた。もしも『僕も後ろから殴《なぐ》られて、たった今まで気絶してた』『でも、まだ病院には行っていない』と隠さずに打ち明けていたら、これで意外と気弱な里子は入れ違いで気絶していたかもしれない。

「でも、誘拐だなんて……!!　どうして奈々ちゃんが!?」

いや、『どうして』ではない。

誰でも理解は出来る単純な図式だ。魔法少女の関係者で、しかも犯罪行為に関わっていたのだ。誰に狙われても不思議はない。

奈々にはもっと念入りに注意しておけばよかったと、今更ながらに後悔をする。

「それで、どうするの……？　警察に連絡する？」

『いや……警察じゃ駄目だ。騒ぎを大きくしたくない。僕が思うに此処《ここ》は――スウィ～ト☆ミルクの出番だと思うんだ』

ベリー、ショコラに次ぐ第三の〝魔法のスウィ～トおしゃれ天使〟ステキなおしゃれ天使ス

ウィ〜ト☆ミルクの。

里子《さとこ》の夫である真白正幸《ましろまさゆき》は、熊を連想させる髭面《ひげづら》の大男。

その彼が声高《こわだか》に、電話の向こうで〝それ〟を唱えた。

『——エンジェルスウィ〜ツ　デコレーション！』

即《すなわ》ち、呪文を。

『純白はオトメのたしなみ　女の子ならおしとやか！　ステキなおしゃれ天使スウィ〜ト☆

ミルク！』

5

そう、全ては子供っぽいギャグ。或《ある》いは皮肉めいた冗談だ。


午前八時四九分。

マンションの八階、佐倉《さくら》家。

(……いったい、どうなってるんだろう？)

佐倉少年は自分の部屋で、焦《あせ》っていた。

スウィ～ト☆ベリーに携帯が通じない。ベリーの使う魔法の携帯電話《おしゃれ☆ピッチ》は、どんな電話会社とも通話可能であるし、どんな場所でも途切れる事が無い筈《はず》なのに。

なのに佐倉との通話の最中、突然途切れた。

しかも直前に聞こえた音は、銃の音ではなかったか？

（銃……というか、マシンガンだ。テレビの海外ドキュメンタリーで聞いた『ガカーーー』っていうマシンガンの音。それも何丁も……）

誰かと話していたような声もしたし、それどころか技名を叫んでいたような気さえする。

もし、本当に技名を叫んで必殺技を撃っていたのだとすれば――。

（だとしたら、相手は人間じゃないって事……!?　人間に必殺技を撃つな、ってベリーが自分で言ってたんだから！　じゃあ、相手はまさか――!!）

まさか、鬼魔《キーマ》？

或《あ》いは何か別の『必殺技で倒す必要のある相手』？

（そうか……ベリーの言ってた事は正しかったんだ！　何かの『危機』が迫ってるって……!!　鬼魔《キーマ》の復活か、何者かによる魔法少女狩り……）

無論、誤解。

だが、佐倉少年はまだ真実を知らない。

もし彼の部屋にテレビがあれば、また話は違っていたのであろうが。

「し、慎壱《しんいち》ー!! ちょっと、こっち! こっちに来て!」

不意に、部屋の外から声を掛けられた。

母親だ。

「母さん、どうしたの?」

「いいから早く! 玄関! ええと、その……お客様!」

佐倉《さくら》少年以上に、彼の母親は慌《あわ》てふためいていた。声だけで分かる。

少年が玄関へと向かうと、そこには――母親の言うところの〝客〟が居た。

「やあ、君が『お隣の男の子』だね」

「あ、貴方は……?」

ウェディングドレスを連想させる、レースとフリルだらけのコスチューム。色も白。スカートは短いがミニというほどでもなく、清純さと健康さを同時に兼ね備えていた。

そんな姿をした、髭面《ひげづら》の太った大男!

しかも頭に怪我《けが》をしているらしく、顔は生乾きの血でべっとりだった。想像する限り、これは最悪の絵面だろう。

男は佐倉少年の『貴方は?』という問いに、衝撃的な回答をする。

「僕は、ステキなおしゃれ天使スウィ~ト☆ミルク。君の力を貸してほしい」

＊　　＊

「――失敬」

男はポシェットから香水瓶を出すと、佐倉《さくら》の両親にぷしゅっと一吹き。次の瞬間、両親は意識を失い、床に崩れた。

「催眠《さいみん》ガスだ、安心したまえ。持続時間は一時間。記憶も三分ほど消えている」

それはベリーのと同じ《おしゃれ☆パフューム》。

佐倉少年は、この時初めて『彼の発言が、頭の怪我によるものではない』と知った。

「本当に、スウィ～ト☆ミルク!? 男なのに？ どうして!?」

「その点を、君が『どうして』と聞くのかい？」

言われてみれば、その通りだ。男の魔法少女というならサクラも同類だったのだから。

「でも……まるで冗談みたいです……」

「ああ、悪質で下品で子供っぽいギャグだろう？ だが、最初から全ては『子供っぽいギャグ』か『皮肉めいた冗談』だったんだ。『子供が魔法で変身して、世界の為に戦う』という事自体がね。

これで僕の話を信じてくれたかい？ 奈々《なな》ちゃんを助けるのに力を貸してくれ」

「もちろんです……!!」

スウィ～ト☆ミルクが言うには、奈々《なな》は誘拐されてしまったらしい。

おそらくは自分《サクラ》のせいだ。ステッキを借りて魔法少女なんかしていたから、それで巻き込まれてしまったのだろう。

（この人がただの嘘つきならよかった。それなら信じなくって済んだのに……）

だが、この髭《ひげ》の大男の魔法は本物で、しかも瞳は真っ直ぐだった。動画データで見たスウィ～ト☆ミルクと同じ瞳だ。おかしな格好をしている事さえ忘れそう。

こんな目で、嘘を言っている筈《はず》が無い。

（僕のせいで、奈々が……!?　どうして、そんな……!!）

「サクラくん――僕も一年前、似た状況になった事がある。魔法は人を幸せにするとは限らないんだ。それは君にも知っていてほしい。

ところで、もう一つ頼みがある」

「……なんでしょう？」

「テレビを見せてくれ」

ミルクは何が起きていたのか、おおよそながら知っていた。先程、電話で聞いた為だ。そんな予備知識があってさえ衝撃であったのに。

いわんや何も知らなかった佐倉《さくら》少年にとって、どれ程の出来事であったのか。

テレビを点けたと同時に、佐倉はリモコンを床に落とした。

画面には……。

「ベリーが⁉　まさか！」

おしゃれ天使スウィ～ト☆ベリーの逮捕《たいほ》。

しかも、必殺技でSAT隊員一〇名を虐殺《ぎゃくさつ》。

薄汚い路地《ろじ》裏《うら》で、アスファルトやコンクリートの壁に人型の染み——。

佐倉《さくら》は、吐いた。

一時間半前に食べた朝食を。消化された焼き魚と味噌汁が、絨毯《じゅうたん》の上にぶち撒《ま》けられる。

スウィ～ト☆ミルクは、背中をさすった。

「ショックだろうね……。でも、同じくらい僕もショックだ。彼女は僕の友人だったし、それに——」

ベリーの必殺技〝甘くてスウィ～トな夢を届けるベリー・ピンクベル・ハートヴァイヴレーション〟——それを撃つ為の武器《キーマ》《おしゃれ☆ベリーピンクベル》。

九六年後半に入り、強化された鬼魔に対抗するべく開発された新たな武器。

マーケティングは業界二位の玩具《おもちゃ》メーカー〝ホワイト〟が担当。実際の開発は——。

「あの《おしゃれ☆ベリーピンクベル》は、僕が作ったものなんだ……」

午前八時五六分。

某国立病院別棟の地下。ひなげし一六号室。

「ねぇ～、ちばさぁん～」

〝ちばさん〟は二ヶ月前にこの施設に赴任《ふにん》した職員だ。総務と入院患者の世話を担当業務とする。背の低い醜男ではあったものの、若い男性という事で女性の患者からは人気があり、よくプロポーズをされていた。

この一六号室の白鳥まひるも、彼にプロポーズをした事のある一人。

「ス～パ～はぁ、いつ行くのぉ？　ボク、はやくお給料つかいたいよぉ」

今日は社会復帰トレーニングの日。状態が良好な入院患者一同でスーパーマーケットへと行く予定だった。しかも昨日の集団作業療法では、普段の倍の五二六円もの大金を貰《もら》っている。

白鳥まひるは今日の買い物が楽しみで、昨夜はほとんど寝ていなかった。

「ねぇ～、いつ行くのぉ？」

「それなんだけどね……朝ご飯の時、食堂でテレビ見たかな？　町がひどい騒ぎでさ、スーパーはお休みなんだ。だから代わりにレクリエーションルームで映画を観るんだよ」

「じゃあ、ス～パ～はナシなのぉ？」

「ああ、そうだよ」

「そうなんだぁ～……ちぇっ。たのしみにしてたからぁ、ス～パ～行ってから『退院』しようとおもってたのにぃ」

退院など出来る筈《はず》が無い。

白鳥まひるの病状は、まだ一人で外に行ける程までは良好ではなかった。近所のスーパーマーケットに行く事さえもトレーニングの一環で、保健師の付き添いがあって初めて可能であったのだから。

「……白鳥さん、昨日から調子が悪いみたいだね？　もしかして面会のお客さんに何かヘンな事を言われたのかな？　みんなにも言ってる事だけど、外の人が何と言おうと治療プログラムは絶対に――」

職員の言葉は、途中で途切れた。

驚きと、そして恐怖の為に。

「なにぬねにこにこ　にこるそ～～～ん！」

此処《ここ》に来て二ヶ月の彼も、この病室の患者が何者なのかは知っていた。

白鳥まひる。措置《そち》入院から一〇年目。引継ぎの書類によれば、注意レベルはＡＡ＋。

またの名を〝空飛ぶダックさん・ＤＥ・ニコルソン〟。

数ある第三世代魔法少女のうち、物質的なパワーは最強クラス、肉弾戦では無敵とまで呼ばれた『愛と青春のダックガール』だ。

「あぁ〜、ま〜ちがったぁ〜…………がぎぐげごろごろご〜るどば〜〜〜ぐ！」

# 第七章「私の世界は不安で出来ている」

## 1

午前一一時三二分。

乗り心地最悪のベンツは、何処《どこ》かの建物へと到着する。

(こんな事なら、あの時レイプされときゃよかった……)

宇佐美奈々《うさみなな》は猿轡《ボールギャグ》のまま、そう思う。

此処《ここ》だけ抜き出すとまるで痴女のようだったが、しかし本気だ。心の底からそう思う。

あれは、今日から一二日前。

奈々は佐倉《さくら》と二人で新宿《しんじゅく》に遊びに行った。ちょっとしたデート気分。互いの親に嘘を吐き、夜遅くまで遊んでいた。

だが、嘘の報《むく》いだったのだろう。二人は路上強盗に襲われた。

お金を奪われた上に、奈々は『乱暴』までされそうになって——必死で彼女を守ろうとした佐倉は強盗に殴《なぐ》られて怪我《けが》をして……。

(あの時は、ちょっと嬉しかったけど……。佐倉が怪我をしてまで守ってくれたから……)

佐倉《さくら》のおかげだ。彼が守ってくれたから、最悪の事態になる前になんとか二人は助けられた。

あの、非合法魔法少女スウィ～ト☆ベリーに。

余談になるが、佐倉がこの話をベリーにした際、一つ誤解を作っていた。

『今から一〇日ちょっと前の事です。僕が友達と新宿に遊びに行った帰り、路上強盗に襲われて……お金を取られた上にレイプされかけたんです。そこをベリー《あなた》に助けてもらって……』

佐倉がそう説明した為、ベリーは『(僕が) レイプされかけたんです』と勘違《かんちが》いをしていた。

本当は『(一緒に居た友達が) レイプされかけたんです』であったのに。

ともあれ、それが佐倉とベリーの出会いであり、奈々にとっては姉の葬式以来のベリーとの再会だった。ベリーは奈々の事を憶えてなかった。

(あの時、素直に犯《や》られちゃってれば佐倉はベリーと出会わなかったかもしれない……。魔法少女になりたいと言い出す事も……)

助けられた後、奈々と佐倉は家に帰った。

だが佐倉を怪我をしたままの状態で家に帰したくなかった。自分の為に頑張《がんば》ってくれた彼の怪我を治してあげたかったし、それにおばさんに知られたくなかったから。心配を掛けたくないし、悪い子だとも思われたくない。

『ちょっと待っていて。今、怪我を治すから』

奈々は佐倉を部屋に呼び、机の引き出しからアレを出し――、

『――くるくるコロろん　マジかるアップ』

と一年半ぶりに魔法少女ぷちウサミーに変身して、魔法アイテム《マジかる医療カバン》で怪我《けが》を治した。

その夜、奈々《なな》は自分を守ってくれた佐倉を今まで以上に好きになり、怪我だけでも治せて良かったと安心しながら眠りにつく。

だが翌朝、佐倉は奈々に『スウィ～ト☆ベリーの事が好きになった』と告げた。

その上、『自分もベリーのようになりたい』『試しにステッキを貸してくれないか』とも言ってきた。

奈々はさんざん迷った末、佐倉に《マジかるコロロン》を貸す。

佐倉は他人の装備なのに変身出来た。

（そして現在に至《いた》る、か……）

＊　＊

車が到着したのは、法務省東京矯正管区府中刑務所。

その別棟である熱力学的受刑者専用舎、通称『ＭＳ舎』――即《すなわ》ち魔法少女用の監獄だった。

「ステッキは？」

「不所持を確認しました」

ボディチェックは念入りだ。

猿轡《ボールギャグ》のまま裸《はだか》に剥《む》いて、何度も調べた。レントゲンや金属探知機、胃カメラなどを用いて体の隅々まで。

チェックが終わった今でも、少女の口は塞《ふさ》がれたままだし、服も女性受刑者用の下着のみ。金具の無いブラジャーとショーツ、それから皮手錠《てじょう》という姿で床に転がされている。

一七歳の少女に対してこのような扱いをする事は非人道的であったかもしれない。しかし刑務官たちにとっては『自らの生命を守る為の正当な権利』だ。それに肌《はだ》を露わにした女子高生が目の前に居ても、猥褻《わいせつ》な気持ちをほんの微塵《みじん》ほども感じない。

あるのは、恐怖。

スウィ～ト☆ベリーがSAT隊員を殺した様子を、彼らもテレビで見ていたのだから。

「油断はするな。何か隠す方法があるのかもしれん。

自宅を捜索してもステッキは未発見であるし――活動中の魔法少女がステッキを持ち歩いていない事の方が不自然であるのだからな」

此処《ここ》『MS舎』は国内唯一の、収容分類MS級――つまりは魔法少女用の収監施設。

ただし、その外観は監獄というよりも教会に似ていた。実際、事情に疎《うと》い一般舎の受刑者には、窓から見えるこの施設を教会だと誤解したまま刑期を終える者も少なくない。

パリのノートルダム大聖堂を意識したデザインで、本物《モデル》と比べてサイズは幾分か小ぶりではあるものの——それでもちょっとした工場程の敷地面積は持っていたが——巨大なステンドグラスや映画で有名な鐘突き塔までもがそのまま再現されていた。

だが、その古風な外観にも関わらず、その設計には常に最先端の耐魔法技術が盛り込まれており、つい昨年度にも大幅な改築工事が行われたばかり。内部には特別な訓練を受けた刑務官たちが常に多数待機している。女子刑務所である栃木刑務所でなくこの府中の敷地内に建設されているのも、警備を少しでも完全なものとする為だ。

対魔法少女用の、神経質《ナーバス》なまでに堅牢《けんろう》な監獄。

だが、この一〇年間で収監した魔法少女の数は——たったの一名。

先月仮釈放された〝魔法怪盗アルセーヌキャット〟のみだった。しかも実際には彼女は魔法少女ではなかったのだから実質上はゼロとなる。

そんな施設に今、初めて本物の魔法少女が連れて来られた。

それも二名も。

この宇佐美奈々《うさみなな》と、おしゃれ天使スウィ～ト☆ベリー。本来なら逮捕《たいほ》直後の犯罪者は警察の留置場《りゅうちじょう》か拘置所《こうちじょ》に送られるべきなのだろうが、彼女たちは〝禁止法〟及び刑事訴訟《そしょう》法の手続きに従い『ＭＳ舎』へと直接連行されて来た。

刑務官たちの緊張は推して知るべきというところだろう。

特に、この奈々。彼女のステッキは未だ所在不明であったのだから。

刑務官たちは、まだ知らない。

奈々の《マジかるコロロン》《ステッキ》は隣家の少年が持っていたという事を。

そして、その少年が既にこの施設に潜入していたという事も——。

2

「交代です」

「交代？　聞いていないぞ？」

「それじゃあ……眠ってください！」

催眠《さいみん》ガスを吹きかけて、サクラは刑務官を眠らせる。

サクラとスウィ〜ト☆ミルクの二人は『ＭＳ舎』の中に居た。

魔法少女の脚力や《おしゃれ☆アンブレラ》を使えば、家から此処《ここ》までは数分だ。内部に潜入するのは変身魔法と《おしゃれ☆パフューム》を使えばいい。

真白正幸《ましろまさゆき》ことスウィ〜ト☆ミルクは、ベリーと違って変身魔法で刑務官に変身可能だ。おかげで思ったよりもずっと楽に潜入出来た。

そして此処《ここ》は、監視室。

部屋には監視カメラの映像を映し続ける一〇数台のテレビモニターが並んでいる。

「苺子《べりー》ちゃんたちは、いつもこんな強引な手で潜入をしていたのかい？」

「こんなの、丁寧《ていねい》な方です。いつもはもっと荒っぽいですから」

「そうかい、やれやれ。……おっと、見つけたぞ。一五番カメラを見てくれ」

映っていたのは、下着と猿轡《ボールギャグ》姿の奈々《なな》だった。

すぐに奈々を見つけられたのは、特にご都合主義というわけでも無い。

この施設は魔法少女の収監施設であり、奈々は現在『少なくとも二番目に重要な監視対象』だ。もしモニターに映ってなければ、その方が問題であったろう。

だが、サクラの視線は一五番カメラとは別の場所へと向けられていた。

「…………あれは――」

四番カメラ。

一番右の列、上から二番目のモニター。

「真白《ミルク》さん、あのモニター見てください！　あれって、まさか――‼」

「ああ、そうだね……。彼女も此処に居たんだな。考えてみれば当然の事だ」

映っていたのは、せいぜい一三歳前後の幼い少女。

下着も無い、丸裸《はだか》。唯一身につけているのは拘束《こうそく》用の皮手錠《てじょう》のみ。両腕が厳重に、捻《ひね》り上げるように固定されている。

奈々以上の無残な姿だ。

だが彼女は抵抗するでも泣くでもなく、生気の無い目をしたまま、ただじいっと椅子に座っていた。

(やっぱり、そうなんだ……!!　一目で分かった！)

初めて見る姿なのに、サクラには一目で分かった。それは魔法少女としての感受性であったかもしれないし、恋する男子特有の勘《かん》であったのかもしれない。

「あの子が、スウィ〜ト☆ベリー……」

初めて見る、変身前の彼女の姿だ。

佐倉慎壱《さくらしんいち》こと魔法少女サクラは〝魔法少女の弟子〟だ。

彼自身はこの称号を気に入っていたが、しかし不安を感じていないわけでもなかった。

〝師匠〟であるベリーにとって、自分はどのような存在なのか？　果たして役に立っているのか？　邪魔者とは思われていないか？

それを思うと、胸のあたりが寒くなる。

しかし今、彼の目の前には――。

（ベリーが、捕まってる……。あんなに惨《みじ》めな姿で……）
彼の中で、或《あ》る種の衝動が芽生《めば》え始めていた。
それは『人々の幸せの為に戦う魔法少女』として、好ましくない衝動だった。
（助けたい……!!）
助けて、感謝されたい。
認められたい。
褒《ほ》められたい。
衝動で《キレイなココロ《ブリリアントハート》》が少しずつ焦げていく程……。
「何か話しているようですが……。中の音、聞けますか？」
「ああ、多分マイクはこれだ」
スウィ～ト☆ミルクがスイッチを押すと、ベリーたちの会話が聞こえた。

3

防音ルーム。
そう銘打たれているが、しかし音楽を聞く為の部屋ではない。此処《ここ》は魔法少女用の取調室でもあり、サクラたちの覗く第四監視カメラの設置されている部屋でもあった。

「スウィ〜ト☆ベリー——聞いていますか？」

「…………」

スウィ〜ト☆ベリーは、此処《ここ》で取り調べを受けていた。

ステッキ他、全ての装備を取り上げられ、裸《はだか》に皮手錠《てじょう》のみの状態で。

これは恥辱《ちじょく》を味合わせる事が目的でなく、奈々《なな》と同じで変身・魔法の使用を防止する為だ。

彼女の《キレイなココロ《ブリリアントハート》》は真っ黒に炭化しており当分は変身不可能であったろうが、それしきの事で刑務官たちの不安を拭《ぬぐ》える筈《はず》もない。

一方、当のベリーも恥辱を感じている様子は無かった。

これは大量の鎮静剤を投与されていた為。意識が朦朧とし、羞恥《しゅうち》心など感じない。

瞳も虚《うつ》ろだ。『死んだ魚のような目』という比喩《ひゆ》があるが、なるほど今の彼女の瞳はある種の深海魚にそっくりだった。

惨《みじ》めな程に無力。魔力も肉体の自由も、精神の明度さえも奪われた状態。

取調べには、まさに最適の状況だろう。

「魔法少女チーム〝魔法のスウィ〜トおしゃれ天使〟メンバー、夢見るおしゃれ天使スウィ〜ト☆ベリー。本名、赤石苺子《あかいしいちご》。二四歳。出身は東京都——間違いはありませんね？」

「…………」

「ベリー？　答えてください」

「…………『世界一賢い少女』がそう言うなら、それで間違いは無いんだろう」

ベリーを取り調べていたのは、もとキラキラアクア！こと水城《みずき》宇美《うみ》だった。

「……いつから警官に転職した？　鎮静剤の効果で幻覚を見ているのかと思ったぞ」

「ただのお手伝いです。法務大臣と国家公安委員長からの依頼でして」

一般の警察官では魔法少女を相手にするには危険であり、何より怯《おび》えて取り調べにならない。

なので協力的なもと魔法少女に協力を依頼する――これは『前回』からの慣習だった。

「前回の魔法少女逮捕時――つまり一九九八年の時と同じです。魔法怪盗アルセーヌキャットの取調べも私がお手伝いしました。それと、この『熱力学的受刑者専用舎（ＭＳ舎）』の設計も。一七歳の時の話です」

もとアクア！の水城が言うには、アルセーヌキャットの時は金城《ハニーゴールド》マリーが取調べをし、水城はそのサポートを担当したという事だった。監獄の設計の参考になるかと思い、自ら志願したらしい。結局アルセーヌキャットこと猫ヶ《ねこが》丘《おか》美夜《みや》は魔法少女ではなかったわけだが。

「裏切り者、というわけか」

「その言い草は不愉快です。むしろ逆じゃありませんか。人々を守るのが魔法少女の使命であるのに、貴方やアルセーヌキャットは犯罪を犯して人々の心を不安にした。裏切り者は貴方たちです。

それとベリー――いや、苺子《いちご》さん。貴方は私を良く思っていないようですね？　でも、私は違います。貴方の事は、それなりに――友人だったと思っていますから」

「…………」

「私は貴方の事を知りたいのです。この一〇年間何をしていたのか。何故、こんな事になってしまったのか。それから……どうして、そんな若い姿なのか。そういった事を全部。

私は弁護士の資格も持っている。必要とあらば、貴方の弁護をしてもいい。
・・・・・・・・・・・・・・・・
友情と想い出だけは永遠に近いものですから」

「……………………………………………………………………………………………………」

……………………………………………………………………………………………………

……………………………………………………………………………………………………

……………………………………………………………………………………………………そうか」

ベリーは深海魚の瞳をほんのわずかだけ動かし、水城《アクア・》を見つめた。

ぼんやりと虚《うつ》ろで、蛍光色に濁《にご》る瞳を。

「…………私が答えたら、お前も問いに答えてくれるか？」

「それは……」

彼女は、一瞬迷った上で承諾をした。

「……分かりました。約束しましょう」

「よし……」

薬で霞《かす》む五感の中で、スウィ～ト☆ベリーは語り始める。

過ぎ去った、この一一年を。

4

「話は、長いぞ。特に『何故、若い姿なのか』については説明に手間が掛かる」

「ええ、望むところです」

監視室のサクラたちがマイクのスイッチを入れたのは、丁度このあたりからになる。

「まずアクア！──お前はさっき私を『苺子さん』と呼んだな。しかし、それは間違いだ。

私の名は、おしゃれ天使スウィ～ト☆ベリー。今後もそう呼んでもらいたい。

人間の肉体は七〇％以上が水分で出来ているそうだが、だからといって『やあ水分さん』と挨拶《あいさつ》する者はいないだろう。それと同じで赤石《あかいし》苺子は私を構成する部品《パーツ》の名。ドジでおっちょこちょいで夢は見ていたが真実は見えていない、そんな何処《どこ》にでもいる子供の名前だ」

「分かりました、その──スウィ～ト☆ベリー……」

「そう、それでいい……。一九九六年の四月の事だ。当時中学一年だった赤石苺子は、天使を名乗る丸っこい生き物から《おしゃれ☆アンクステッキ》を貰《もら》い、生まれて初めての体験をした。〝変身〟と〝戦い〟だ。

戦いの相手は無論、鬼魔《キーマ》だ。天使は『貴方は選ばれた女の子だ』『〝魔法のスウィ～トおしゃれ天使〟に変身して人々を救え』と私に言った。私はそれに従った。

九六年といえば魔法少女黄金期の最後の年になる。鬼魔《キーマ》の勢力は衰《おとろ》え始めていたが、しかしその分奴らも必死だった。一発逆転を狙って強力な鬼魔《キーマ》の戦士を大量に送り込み《キレイなココロ》《ブリリアントハート》を集めようとしていた。当然、戦いは激しいものになった」

「《キレイなココロ》《ブリリアントハート》は人間の精神の中に隠れている秘密の宝石で、魔法エネルギーの結晶体だ。純粋でまっすぐな心を持った人間のみが、この宝石を胸に持つ。

鬼魔《キーマ》たちはこのエネルギーを集める事で、太古の昔に封印された彼らの女王を復活させようと企てていた。

「なるほど……そうして貴方は、変わったのですね？　中学生の苺《いちご》子さんから――スウィ～ト☆ベリーに。ステッキによる変身と、鬼魔《キーマ》との激しい戦いで」

「違う」

「違う、のですか……？」

「あの頃、まだ私はスウィ～ト☆ベリーのコスチュームを着ただけの赤石《あかいし》苺子だった。ステッキと呪文で、おしゃれ天使になったと信じ込んでた中学生だ。

苺子には仲間も居た。同じようにフリルのコスチュームで仮装しただけの中学生で、皆同じように夢は見ていたが真実は見えていなかった。他のチームの連中も同じだ。

皆、苺子の事を『ドジでおっちょこちょいで愉快《ゆかい》な子』と思っていたようだが、今思い出せばどいつも同程度に『ドジ』で『おっちょこちょい』であったし、同程度に『お笑い』だった。

もしかするとハニーとお前だけは例外だったのかもしれないがな」

「いいえ、私は……。それでは貴方はいつスウィ～ト☆ベリーになったのです？」

「九七年――それも四月になってからだ」

一九九七年の四月。

最終決戦は三月だったから、その時期には鬼魔《キーマ》たちは壊滅《かいめつ》し、既に脅威《きょうい》も去っていた。宿敵を退《しりぞ》けた魔法少女は、或《あ》る者は引退し、また或る者は犯罪や災害相手の戦いを始めて――言い方は悪いが、暇を持て余し始めていたと言えよう。

そんな中、あの事件が起きた。

「魔法少女ウサミーが誘拐された。憶えているか？」

「ええ……憶えています。忘れる筈《はず》がありません」

最初は皆、ただの誘拐事件だと思っていた。

被害者の宇佐美実々《うさみみみ》（八歳）の父親は、玩具《おもちゃ》メーカー〝ホワイト〟の子会社であるゲーム会社〝H＆H〟の社員だった。当時は今以上にテレビゲームブームであったし、この会社はウサミーのゲームがヒットしていた為に金回りも良かった。金目当ての誘拐だと誰もが思った。

だが、少女が実は最年少魔法少女である〝魔法少女マジかるウサミーSOS〟の正体だったと判明してからは、鬼魔《キーマ》の復活や魔法少女に恨《うら》みを持つ者の犯行も疑われるようになった。

しかし真相は、いずれも違った。

「あの事件の捜査《そうさ》をしていたのは、警察以外ではプリンセスと宝石《ジュエル！》お前を除く〝キラキラスターズ！〟と、まだ姿を消す前の〝ホーリープリンセスかぐや〟。それから苺子《わたし》、スウィ～ト☆ベリー。最初に真相に辿《たど》り着いたのは苺子《わたし》だった」

「そのようですね。新聞で読みました」

「犯人は、熱狂的なマジかるウサミーファンの男たちだった。歳も職業もばらばらで、パソコン通信やら文通サークルやらで集まった『ウサミーが好き』というだけが共通点の六人だ。彼らは猥褻《わいせつ》目的で変身前のウサミーを誘拐した。ステッキを家に置いていた彼女は、ただの小学二年生にしか過ぎなかった」

「…………」

此処《ここ》までは、誰もが知っている。

当時テレビでも新聞でも、何度も繰り返し報道がされていた。

そして、此処からがあまり知られていない事実。

報道はおろか、噂話《うわさ》としてさえ広める事が躊躇《ためら》われていた部分だ。

「苺子《わたし》は偶然、奴らの溜まり場を突き止めた。リーダー格の男の自宅だ。《おしゃれ☆ピッキングツール》でドアを開けて侵入したが、皆出かけていて留守だった。散らかったリビングにはビールの空き缶や食べ残しの菓子と一緒に、一冊の大学ノートが置かれていた。

中を読んで……目を疑った」

「何が書いてあったのです？」

「…………ウサミーちゃんのおしっこ飲みたい」

「……はい？」

「『ウサミーちゃんのおしっこ飲みたい』だ。隣には『ウサミーちゃんのおしっこでほかほかご飯を炊きたい』とも書かれていた。他のページも似たようなものだ。

ノートはアイデア帳だった。一冊まるまる全部のページに、似たようなアイデアがびっしり何百と羅列されていた。必要とあらば各項目について、より詳しく話をしてもいい」

「……いえ、結構です」

「どのページにも似たようなアイデアが大量に羅列されていた。各アイデアの横にはチェック欄があって、うち幾つかには『実行済み』のマークが記入されていた。ビデオデッキにはS－VHSのテープが入っていたが、再生したらすぐにノートが冗談でなかったと確認出来た」

「………………」

「やがて、男たちは家に戻って来た。すぐさま彼らをぶちのめし《おしゃれ☆手錠《てじょう》》で拘束《こうそく》した。だが宇佐美実々《マジかるウサミー》は戻らなかった。彼らが留守だったのは、彼女を殺して山奥に捨てに行った。

てたからだ。首を絞《し》めて、裸《はだか》のまま山の中に……。

勿論《もちろん》、それはショックに決まっている。助けようとした相手が死んでいたのだから。

しかし――それと同じか、さらにショックな事があった。その事実は苺子《わたし》をひどく傷つけた。

想像つくか？」

「……何です？」

「奴らの胸には《キレイなココロ《ブリリアントハート》》が光ってた！」

「………‼」

純粋でまっすぐな精神にのみ宿る、魔法のエネルギーの結晶。

魔法少女が五年間、鬼魔《キーマ》たちから命がけで守ってきた宝石。

この星の人類が持つ、最も美しい輝き。

それを男たちは持っていた。

「輝きに目が眩み、瞼《まぶた》を閉じたのは中学生の赤石苺子《いちご》だったが………その目を開いたのは、魔法少女のスウィ～ト☆ベリーだ」

この時、変わった。

本物の魔法少女、おしゃれ天使スウィ～ト☆ベリーに。

初めての変身は、一九九六年の四月ではない。この日、この瞬間だった。そう彼女《ベリー》は言っていた。

「目を閉じた一瞬のうちに、私は悟った。ずっと夢を見ていたのだと。現実も真実も見ず、都合の良い嘘の光景だけを見ながら自分は――自分たちは、戦ったフリをしていたのだと。

　人間としても、魔法少女としても、だ。

　魔法少女は五年もずっと見当ハズレの事をしていた。戦うべき相手は異世界から来る鬼魔《キーマ》などではなく、守るべきものも魔法の宝石《キレイなココロ《ブリリアントハート》》なんかじゃなかった。もっと重要なものが、目の前にどろどろ渦巻いていたんだ。この五年間は無駄だった。

　しかも皆も気づいてなかったわけじゃなく……本当は、目を背けていただけで……」

「…………」

「それを自覚した私は目を見開いて、完全に〝夢見るおしゃれ天使スウィ～ト☆ベリー〟となった。以来一〇年、今日まで一度も『人間』に戻らなかった」

「……一度も変身解除《もどっ》していない、ですって!?」

　そう。

　ただの、一度も。

　寝る時も。食事の時も。一瞬たりとも休み無く。

　決して変身解除をせず、コスチュームも脱がず、常に魔法少女であり続けた。

　行方不明者として家族を悲しませている事も知っていた上で。

「これが私の姿が若い理由だ。一〇年変身したままだったから『中身』が成長していなかったのだろう。ただそれだけの話だ。……どうだ、知的好奇心は満たせたか？」

「え、ええ……。それは、もう……。ああ──貴方は、なんと……」

このキラキラアクア！の表情には見覚えがある。

これは皆がダックさん・ＤＥ・ニコルソンと会う時にする表情。

空虚《くうきょ》な憐《あわ》れみと、戸惑いと、本来持つべきでないその他幾つかのネガティブな感情が入り混じった──病人を見つめる慈愛の瞳だ。


監視室の二人もモニターを、よく似た瞳で見つめていた。

三者の想いは、それぞれ異なるものではあったが……。

＊　　＊

（ああ──）

同時刻、監視室。

サクラ──佐倉慎壱《さくらしんいち》は、泣いていた。

（なんて可哀想《かわいそう》なスウィ～ト☆ベリー……）

スウィ～ト☆ベリーの話は複雑で、聞かされた側も『どのような感情』『どのような感想』

を抱くべきか、普通は迷うものだろう。

だが少年サクラの反応《リアクション》は、極めて単純且《か》つ善良なものだった。

『可哀想』と。

これはサクラの幼さと、そして純粋さの成せる業。普通はこれ程までに無垢《むく》な感想は持てない筈《はず》だ。

同時に少年の胸の中では、あの衝動が一層大きく育っていた。

「…………助けたい」

ついには口から言葉として飛び出る程に。

もちろん、この純粋で真っ直ぐな言葉は『愛する師匠《ベリー》に認められたい』という不純な動機に端《たん》を発しているものだったが。

「サクラ君、何を考えている……？　我々が助けるのは奈々《なな》ちゃんだ」

スウィ～ト☆ミルクは戸惑っていた。初対面のサクラが見ても分かる。彼も慈愛の瞳はしていたが、サクラと違い泣いてはいない。別の想いを持ってるようだ。

ミルクは『奈々を助ける』と言っていたにもかかわらず、彼女を捕らえているのが警察であったと知ってからは助ける事さえ躊躇《ちゆうちよ》しているように見えた。

確かにもし奈々を逃がせばミルクやサクラだけでなく、奈々本人まで警察に追われる身となるだろう。理性的に判断すれば助けないのが正解だ。

スウィ～ト☆ミルクこと真白正幸《ましろまさゆき》はそんな理性的な思考の持ち主であったから――、

「気持ちは分かる。だが、苺子《べりー》ちゃんは助けるべきじゃない。奈々《なな》ちゃんと違い、彼女は無実の罪で捕らえられたわけじゃないんだぞ」

と、当然のようにサクラの衝動を否定した。

「一〇年間非合法活動と暴力を続け、警官を一〇人殺して逮捕されたんだ。助けようと思うべきじゃない」

「そんな事くらい分かっています！　頭では！　でも……ミルクもさっきの話、聞いたでしょう!?　あんな話を聞いたのに――!!　あんな体験をした人だと知ったのに！　それでもベリーを見捨てるなんて、僕にはそんな事出来ません！」

種を植えた〝不純〟が父ならば、〝純粋〟はそれを育む母。

衝動は果てなく育っていく。

「ミルク、行かない貴方を軽蔑《けいべつ》しません。奈々の事はお任せします。でも――僕は行きます！　ベリーを助けに！」

〝魔法少女の弟子〟サクラは走り出す。

制止の言葉は、もう聞こえない。

「行っては駄目だ！　彼女は………苺子《べりー》は、まだ隠してる事がある！　君は助けに行くべきじゃない！」

「あんたに何が分かる!」

5

一方、防音ルーム。

つまりはベリーと水城《みずき》の居る取調室。

「ベリー、今の話には……〝嘘〟か〝隠し事〟がありますね?」

「……どうして、そう思う?」

「根拠は、これです」


――ブブーーーッ!


机の上に置かれた小さな機械が、不快なブザーの音を鳴らしていた。

「これは《マジかる嘘発見機》……のレプリカです。先日貴方の助手が持っていたものを科学技術で再現しました」

「なるほど、よく出来ている……」

「ええ。この機械の前で、隠し事は出来ません」

「そうか……。だが、約束は果たしてもらおう」

「約束？」

「……私が問いに答えた以上、お前も問いに答えてもらおう」

「ああ、その……。いいでしょう。何が知りたいのです」

「まず、第一の質問――」

スウィ～ト☆ベリーは、問うた。

薬の影響か、ゆっくりと。一語一句噛《か》み締めるように。

「友情と想い出だけは比較的永遠に近いのか？」

「………………？　何故、そんな事を？」

「答えろ」

「…………そう、だと思います」

「お前はテレビを観ない」

「はい……。あんなのは不良の見るものですから。私がテレビを見ないのは、割と有名な話の筈《はず》です」

「そうか……。ならば、お前の身長は一六六センチだ」

「――――!?」

必然性の無い科白の連なり。

水城《みずき》は、きょとん、としていた。ベリーが狂ったのかと疑っていたかもしれない。

だが逆にベリーは鎮静剤の効果もあって、ただ淡々と言葉を続けた。

「違うか？」

「いえ……。私の身長は一六六センチ――くらいだと思います。六六か五か四・五か……計ったのはだいぶ前なので、多少の誤差はあるでしょうが。でも、どうして？」

「エターナル・ブリリアント・プリンセスだ。私が訪れた時、彼女の身長は一六六センチだった。プリンセスは直前に会話した相手と同じ背丈《せたけ》になる。プリンセスが『ヒント』をくれた。それに『友情と想い・・・・・・・・・出だけは比較的永遠に近い』もプリンセスの言葉だ。彼女は朝のテレビでも同じ言葉を言っていたが、しかし〝ワイドモーニング・セブン〟を観てないお前が知る筈は無い」

「プリンセスが……!?」

「お前はプリンセスと会った。それも、ごく最近。何故だ？

そして何故、お前と会った直後にプリンセスは姿を消した？」

「…………私が？　どうして？　消えたのも私のせいだと言うのですか？」

「そうだ。どのような方法でプリンセスを消した？」

水城宇美《うみ》は、目を細めた。

すうっ、と。

これは一般に敵意・怒り・憎悪といった感情を意味する表情。そして、その細めた視線はスウィ〜ト☆ベリーへと向けられていた。

「何度言わせるつもりなのです⁉　貴方が陰謀の存在を望んでいるのは知っています！　しかし、私を犯人扱いするのは——」

…………が、やはりベリーは構わず言葉を続ける。

「ダックさん・DE・ニコルソンにも会った」

「……貴方が？　病院の白鳥《ダック》さんに？」

不意に話題を逸《そ》らされ、アクア！はつい気勢を削《そ》がれた。

「クッキーの袋詰め作業をして五一六円貰《もら》ったと喜んでいた。おそらく五〇〇円が給料で、一六円は手当て何か……三％の上乗せだ」

「……五〇〇円と三％なら五一五円でしょう？」

「そうだ。つまり二人分だった。二五〇円に三％の上乗せなら端数切り上げで二五八円。合わせて五一六円。誰かがダックの作業に付き合い、儲けを丸ごと彼女に与えて『誰にも言わないように』と口止めした。これが水曜の昼。金城《ハニーゴールド》マリーが殺された翌日だ」

「不思議な話ですが、しかし……」

「水曜の夜、お前の秘書がエレベーターでゴミ袋の中身をぶちまけた。紙屑《かみくず》の中に封を切ってないクッキーが混じっていた。つまり、ダックと会っていたのはお前だ。

何故、会った？　そして何故隠した？　この疑問にも答えてもらおう」

「待ってください！　そんな――!!　そんな事はあり得ない！　憶測……いや、妄想だ！　貴方はやはり狂っている！　どうして私がプリンセスと会っただなんて――!!」

水城《みずき》は、ベリーの言葉を否定したが、

――ブブーーッ！


ブザーは、鳴った。

「なるほど、隠し事は出来ないな」

「…………!!」

鳴ったのは《マジかる嘘発見機》。

嘘や隠し事に反応し、不快な電子音のブザーを鳴らす。

「悔しがっているな、キラキラアクア！。世界一賢い自分が、私なんぞに出し抜かれたから。しかし、こちらにも一〇年間の経験がある。お前が思ってる程賢くないわけでもない。

それに一連の事件の黒幕が誰なのか、勘《かん》で想像が付いていた。お前はいずれ何かをしでかすと当時の魔法少女は皆、噂《うわさ》していたからな」

「本当に不愉快な女……。ですが――」

知られた以上は生かしておかない、とでも言う気であったのだろうか？

しかし、だ。その瞬間——。

「——スウィ～ト☆ベリー！」

——ばりり、と鳴った。

この、ばりり、は壁の割れる音。コンクリートと金属、繊維によって造られた複合素材の耐熱・耐衝撃・耐魔法の強化壁が——割れた。

ガラスか、ポテトチップスでも割るように。

それも考え得る限り、最高のタイミングで。

割れた強化壁の向こうから現れたのは、

「ベリー、無事でしたか！　待たせてごめんなさい！」

彼女の〝弟子〟、魔法少女サクラだった。

「あの……本当は、もう一、二分早く部屋の前に着いていたんです。でも中で二人の話が聞こえたから、話が終わってから乗り込もうと思って……。格好付けたわけじゃ無かったんですが——もっと早く来た方がよかったでしょうか？」

「いいや、よくやった。最高のタイミングだ」

「よかった……」

ベリーが褒《ほ》めると、サクラは照れて真っ赤になりながらも満面の笑顔。

今までベリーが見てきた彼の中で、一番愛らしい表情をしていた。

「あの……もしかして、僕が来るって信じていてくれたんですか？　どれだけピンチになっても、絶対僕が来るって思って——それでベリー、こんなに落ち着いている……？」

「いいや……単なる鎮静剤の効果だ。助けが来るとは思ってなかった」

「そうですか……」

サクラの顔は一瞬、残念そうに曇《くも》ったが、

「だが……感謝している。お前を信じるべきだった」

「えへへ……」

と、すぐにまた真っ赤に晴れた。

そして水城《みずき》へと向かって告げる。

「それで、あの……キラキラアクア‼　貴方の企みは僕らが砕きます！　スウィ〜ト☆ベリーと……この〝魔法少女の弟子〟サクラが！」

これは、名乗り。

一〇年以上前の魔法少女たちのように、サクラは自分の名を名乗った。

『〝魔法少女の弟子〟サクラ』と。

それは咄嗟《とっさ》の事であったたし、不慣れでぎこちない科白《せりふ》だった。

が、それでも猛烈な高揚感を感じているのは傍目からでも見て分かる。

彼はひどく照れ屋の少年だったが、今、彼を頬《ほお》を染めているのは恥じらいではなかったろう。

しかし、それも此処《ここ》まで。

すぐに、血の気が引く事になる。

「………サクラさん——いや、宇佐美《うさみ》さん、貴方には二つ質問があります」

水城《みずき》は未だに『サクラ＝奈々《ぷちウサミー》』と思っているらしい。これは世界一賢い彼女らしからぬ誤解だ。だが、それ以降の話は極めて論理的且《か》つ理性的。

「『私の企み』とは何を指しているのです？　ベリーが暴いたのは、私がプリンセスと会ったという可能性だけ。何を砕くというのです？

それと——どう砕くというのです？」

特に、後者の問い。

彼女は書類鞄の中から素早く何かを取り出す。

それは《スーパースターライトスティック》。

通常の《スターアイドルスティック》に代わって活動後期から使うようになった、強化型の魔法ステッキだ。

「新人《ルーキー》の〝魔法少女の弟子〟が、この私を⁉　この青い水のアイドル戦士キラキラアクア！を砕くですって？　どうやって！」

そのステッキを頭上に翳《かざ》し、同時に唱える。

「アクア！クリスタルエナジー　スーパースターライトアップ！」

変身の呪文を。

呪文を唱える事で、世界的大企業アクアリウム社の代表取締役社長である水城宇美《うみ》（二六歳）は、変身していく。

〝キラキラスターズ！〟の頭脳と呼ばれた、青い水のアイドル戦士キラキラアクア！――それも後期強化スタイルである、スーパーキラキラアクア！へと。

初変身から一〇日やそこらのサクラと違い、超名門魔法少女チームのメンバーとして五年も鬼魔《キーマ》を屠り続けた『本物の魔法《ほふ》少女』に。

水城は青い魔力の光に包まれていき、次の瞬間――――。

「――まぁ～ってよぉ～～～っ！」

――どん

と突如、轟音《ごうおん》。

加えて、衝撃。

「――――っ!?」

いや、正しくは衝撃が先にあり、そこから一瞬遅れて音がした。超音速で力が加われば、このような現象は起り得る。

サクラが壊した廊下側のとは逆の壁。建物の外壁も兼ねた、より頑堅な壁だ。

まずは、それが砕けた。

粉々に。微塵《みじん》に。この建物――『MS舎』の外側から。サクラのそれよりも遥かに強い物理的な力《パワー》で。

次の瞬間、轟音《ごうおん》が響き、室内の空気が震える。建物全ても揺さぶられる。コンクリートの破片が飛び散り、天井や床にもひびが入る。土埃《つちぼこり》が舞い視界が途切れる。

「なぁ……っ!? 何です、これは！ 一体、どうして――!?」

水城《みずき》はびりびり震える空気の中、狼狽《ろうばい》していた。

〝キラキラスターズ！〟随一の頭脳派戦士である彼女は、計算の通用しない敵やハプニングにやや弱い傾向がある――それは活動一年目から指摘されていた点だ。

今回もまさにそれ。一〇年では人は変われぬものなのかもしれない。コンクリ片で怪我《けが》もしていた。変身途中に肋骨《ろっこつ》あたりを打ち付けたらしい。おかげで変身は途切れて、未だ水城宇美《うみ》の姿のままだ。

そして、最後に声。

「まぁ～にあったぁ～～～～っ」

間に合った、と声の主はそう言った。

「やっかいだからぁ、ひとぉりでもぉ変身する前にやっつけろぉって言われてたのぉ〜。しらないひとはぁ、もう変身しちゃってるけれどぉ……でもぉ、まだスウィ〜ト☆ベリ〜ちゃあんとぉキラキラアクア！ちゃあんは変身前だぁ〜。ひとりくらいならぁ、きっとぉ許してぇもらえるよねぇ〜？　だからぁ、ぎりぎりまにあったのぉ〜」

視界を遮っていた土埃が晴れていく。

現れたのは——。

「なにぬねにこにこにこるぞ〜〜ん！　この愛と青春のダックガール〝空飛ぶダックさん・DE・ニコルソン〟にぃ、あさからばんまでグワッとおまかせぇっ！」

それは巨大隕石《いんせき》から地球を守った、肉弾戦最強を誇《ほこ》る魔法少女の名だ。

名乗りに反して、居たのは別種の生物だったが。

# 第八章「天使の羽は無いけれど」

1

時間は、遡《さかのぼ》る——。

「絶対に再利用は不可能でしょうか……？」

「不可能です。どうして、それ程までに念を押すのですか？」

朝七時の事であるから、今から五時間程前になる。

その時間、もとキラキラアクア！の水城《みずき》宇美《うみ》は防衛省の第二熱力学研究所に居た。

そこで水城は、頭の禿掛かった所長から相談を受ける。

魔法研究としては初歩的な、しかし重大な相談を。

『〝花の騎士ハニーゴールド〟がラブエネルギー元素変換システムで造り出した魔法装備を、他者が使用する事は可能なのでしょうか？』と。

答えは、不可能。

魔法は選ばれた者だけが使えるもの。普通の人間がステッキを手に入れても使う事など出来はしない。

喩《たと》えば『キラキラゴールド！用の《スターアイドルスティック》』は『金星の守護者』の転生でなければ使えず、また『ウーパーさん用の《ルーパータンバリン》』は『半水棲《すいせい》宇宙人に選ばれた、スーパーヒロインに相応《ふさわ》しい女の子』でなければ使えない。ハニーはその選ばれた者に変身する事で魔法装備を使っていた。

「魔法少女の軍事利用でもお考えで？」

「い、いえ――水城女史、そうではありません！　魔法少女の軍事利用だなんて！　我々が危《き》惧《ぐ》しているのは、むしろその逆なのです」

「逆？」

「はい……。ハニーゴールドの装備ですが、実はその、幾つかが……」

所長は額の脂汗をハンカチで拭いながら、水城に言った。

「幾つかが、行方不明なのです！　おそらくは盗まれたかと……スウィ～ト☆ベリーか、或《あ》いは――」

或いは、金城《ハニーゴールド》マリー殺しの犯人に。

しかも、おそらくはその『或いは』の方だ。金城《ハニーゴールド》マリーは殺されて装備を奪われた。装備目当てで殺害された、という事さえあり得る。

水城は涙目の五〇男に『他人に使えないので安心ですよ』と告げはしたが、しかしそれは気休めに過ぎない。『使えないものをわざわざ盗む筈《はず》が無い』という事くらい、世界一賢くなくとも想像はついた。

＊

＊

そして現在——。

昼の一二時〇三分二六秒。

「あぁ〜……まぁた、まちがったぁ〜。ええ〜っとメモメモぉ……そぉそぉ、これこれぇ〜っ。ほんとぉはねぇ〜——」

水城宇美《みずきうみ》は飛んできたコンクリート片で脇腹を負傷した。

痛みで床に蹲《うずくま》る。肋骨《ろっこつ》を何本か折り、もしかすると肺に刺さっているかもしれない。

そんな無様《ぶざま》な姿を晒《さら》しながらも、水城は魔法装備の一つを見つけた。

「——がぎぐげごろごろご〜るどば〜〜〜ぐ！　この愛と旅立ちのルーパーガール〝歌うウーパーさん・ＴＨＥ・ゴールドバーグ〟にぃ、夜通し朝までウパーとがんばるぅっ！」

闖入《ちんにゅう》者の手に握られていたのは、盗まれた魔法装備の一つ《ルーパータンバリン》。

ダックさん・ＤＥ・ニコルソンの《ニコルソンカスタネット》をコピーして造られたもので、これによりハニーゴールドはマントを着けた不細工なウーパールーパー、ウーパーさん・ＴＨＥ・ゴールドバーグに変身する。

物理的なパワーと肉弾戦では最強・無敵と言われたダックと互角《ごかく》にやり合った、超怪力の魔法少女へと。

しかも今、目の前に居るこのウーパーの正体はおそらく、もとダックである白鳥まひる。長らく入院していたあの彼女に間違いあるまい。

（………ああ、そうか――白鳥まひるも『選ばれた者』だったから……）

彼女は『半水棲《すいせい》宇宙人に選ばれた、スーパーヒロインに相応《ふさわ》しい女の子』というウーパーに変身する為の条件を満たしていた。もともとダックさん・DE・ニコルソンであったのだから。

ただ家鴨《あひる》かウーパールーパーかという些細《ささい》な誤差があっただけ。その程度ならば無視が可能か、或《あるい》はちょっとした改造で使用可能になるだろう。

一方、当の白鳥まひるが変身したウーパーさん・THE・ゴールドバーグは、

「ええ～っとメモメモぉ……」

と、メモ帳をぱらぱらめくっていた。

「そぉそぉ、これだぁ～!!　まず、そのいちぃ『みなごろし』ぃ！　そのにぃ『けいむしょをかんぜんにぶっこわす』ぅ！『しょーこいんめつのため』ぇ！」

この監獄の壁は、魔法少女でも簡単に壊せない筈《はず》だった。

しかしウーパーの怪力の前には、まるで砂の城のよう。この不恰好なウーパールーパーがその気になれば『皆殺し』も『刑務所の破壊』も容易《たやす》い事に違いない。

「それとぉ〜……そのさぁん！『マジかるウサミ〜の妹はつかまえる』ぅ！」

2

（これ——一体どうなっているんだろう？）

視点は、サクラに。

このような異常事態、経験の浅いサクラに対応は難しい。それどころか状況の把握《はあく》さえも。

ただただ混乱するばかりだ。

（つまり、これって……仲間割れ？　それともベリーの推理が間違っていた？　それに、今のこの状況って——）

崩れる部屋。負傷し倒れたキラキラアクア！。スウィ〜ト☆ベリーは冷静な顔のまま座っているが、それは鎮静剤の効果の為。どちらにしてもベリーはステッキを取り上げられているのと暴走後の《キレイなココロ《ブリリアントハート》》の灼《や》き付きの為に、今は変身は出来ないままだ。

そして、目の前にはあの〝歌うウーパーさん・ＴＨＥ・ゴールドバーグ〟！

（……確かダックは〝キラキラスターズ！〟の五人をいっぺんに相手にして、互角《ごかく》に戦ったんだっけ？　ウーパーはそれとおんなじ強さ……って、そんなのをどうやって——⁉）

アクア！一人でさえ勝てる気はしなかったのに、その五人分の強さだなんて。

（どうしよう……すっごく怖い！）

サクラの膝は、震えてた。

そこに、ウーパールーパーの短い前肢によるパンチ。

「たああぁあああああああ～っ！　う～ぱ～ぱ～んちっ！」

「――――ひぃっ!?」

サクラはさっさに身をかわしたが、拳はもともと彼を狙ったものではなかったらしい。監獄の壁――つまりは『その二、刑務所を完全に破壊する』を狙ったものだ。

拳は再び複合構造の壁へと喰らい込み、

――どん

と、また最初と同じ衝撃。

まず壁が大きく破壊され、次に音と破片が飛ぶ。

二発目とあって建物への負担は大きく、先程以上に大きく壁は崩れていった。いや、徐々にだがこの監獄自体が崩れつつある。揺れも激しい。

耳を澄ませば、ががらという破壊音に混じって非常ベルや悲鳴が聞こえた。

悲鳴は刑務官たちのものだろう。まさに阿鼻叫喚。普段は囚人たちに恐れられる彼らも、今やただ逃げ惑う『被害者』にしか過ぎない。

ただ、それはサクラ自身も同じ事——。

（やだ、怖い——!! 怖い！ 怖い！ 怖い！ 怖い！ 怖い！ 怖い！ なんて怖い！）

巨大ウーパールーパーが、ふにゃふにゃと叫びながら襲ってくる。

傍目には冗談めいた光景。だが、そのようにコミカルな様子であったからこそ、怖ろしくて堪《たま》らない。もし崩れた天井に潰されて刑務官が真っ平らにされても、それはコミカルに見える事だろう。実際に絶命するし、家族は葬儀《そうぎ》で泣き叫ぶだろうが。

もっとも、この『笑えない冗談ぶり』こそは魔法少女の存在そのものと言えるだろうが。

（そうか、知らなかった……いや、忘れてた！ 魔法少女って怖いものだったんだ！）

自分が魔法少女側《かがいしゃ》だったから、すっかり忘れてしまってた。

『魔法』という脅威《きょうい》の力で強化された彼ら魔法少女が、どれ程怖ろしいものだったのか。

特に、無力な普通の人間にとって、どのような存在だったのか、を。

サクラは、それを忘れていた。そして思い出した。

（ベリーに襲われたやくざの人たちも、このくらい怖かったんだろうな……。ううん、それどころか、たぶんそれ以外の人——喩《たと》えば横で見てた人や、新聞で事件を知った人も……）

サクラはたまたま助けられたから、こうして憧《あこが》れる事が出来た。

しかし、それはほんの偶然。レアケース。

多くの者は『もし自分たちがあの力で襲われたら？』と想像し、恐怖を感じていたのだろう。

今、彼が感じてるのと同じ恐怖を――。

「もういっぱぁ～～～っつ！　うーぱーあっぱーっ！」

今度は、アッパー。拳は真上へ。天井へと向けて放たれる。

力、いっぱい。

この攻撃は自分ではなく天井に向けられたもの。それは一目で明らかだった。

サクラは、ほっ、と息を吐く……が、すぐに吐いたばかりの息を飲む。

（…………なんだよ、これ？　こんなの、どうして――!!）

この熱力学的受刑者専用舎ことＭＳ舎は、六階建て。そしてサクラたちの居た防音ルームは一階にある。

ウーパーの渾身《こんしん》の拳は一階天井を破壊して――さらには、その上の全てを破壊した。

二階。三階。四階、五階、六階、屋根、ステンドグラスと鐘突き塔。ウーパーの拳よりも上方にあるもの、その全てを。

「どぉっか～～～～んっ！」

ウーパーは『どっかーん』と掛け声を上げたが、サクラの耳に届いたのはその声のみ。実際の破壊音は聞こえなかった。これ程の大破壊となると、音は一切感じないものらしい。鼓膜《こまく》を、或《ある》いは聴覚自体を、はたまた音の概念自体を真っ白に麻痺《まひ》させてしまうから。

先程まで監獄だった建物が、消えてしまう。消えていく。消えた。あるのは、ただ無数の廃材。しかも破片はいずれも一片が一〇センチ以下という細かさ。そんな木っ端が、逆さまにしたシャワーのように空へと向けて飛び散っていく。

中身も同じだ。机や棚や各種機材、それから……人間も。

廃材に赤いものが混じっていたが、たぶんそれがそうなのだろう。

サクラの頬《ほお》にぴしゃぴしゃと液体が数滴垂れる。しかし、それが何色かを確認する勇気は彼には無かった。運が良ければただの水であったかもしれない。

「ほらほらぁ見てぇ～。お空ぁだよぉ～」

見上げれば空。

雲一つ無い。抜けるように、ただただ青い。

そして怖い。怖ろしい。

これからは青空を見上げるたびに今日の事を思い出し、ぶるぶる震えてしまうに違いない。

そうサクラは思った。もし『これから』があるならば、だが。

（も、もう――だめ、かも……）

ウーパーさん・THE・ゴールドバーグは笑っていた。

不恰好なぬいぐるみ顔が、滑稽《こっけい》な笑顔で。

空と同じく、曇《くも》りの無い澄んだ笑顔で。

その笑顔に、サクラは怯《おび》えた。

「…………あ、あ……あ……」

圧倒的な恐怖を前にした人間は、どうなるか。

逃げる？　悲鳴？　命請い？　否。

答えは『何も出来ない』だ。

笑うウーパールーパーを前に、ただ立っていた。笑顔がサクラを見つめているのに。

ヨーロッパでは、山椒魚《ウーパールーパー》は毒で人間を石にすると言い伝えられている。無論それは迷信の類《たぐい》に過ぎないが、今彼が動けないのは紛れもない事実だった。

歩けない。瞬《まばた》きさえ無理。動く場所といえば、膝がわずかに震えるのみ。それすら先程までの方ががくがくと激しかった。震えている間は、まだ余裕があったという事だろうか。

泣きもしない。表情も強張《こわば》ったままだ。

「メモメモぉ……。ええっとぉ～……そのさぁん！『マジかるウサミ～の妹はつかまえる』ぅ！ねえ、そこのぉ知らない人ぉ～——」

棒立ちのサクラに、ウーパーは訊《たず》ねる。

「キミがぁウサミ～の妹ぉ～？」

もし彼がもう少しだけ小狡《こずる》くて、そしてもう少しだけ勇気があれば、『そうです』と答える事も出来ただろう。『捕まえる』という事は『命を奪われない』と同義語であったのだから、嘘を吐いて生き延びようとしたに違いない。だが、むしろ勇気の不足によりサクラにそれは無理だった。

「…………あ――あの、あ…………ぼく、は……」

代わりに沈黙。何も言葉を出せないまま。

恐怖は人から嘘さえ奪う。

「ん～～っ？　こたえてよぉ、こらぁ～っ」

ウーパーはいかにもぬいぐるみ然とした仕草で、軽く小首を傾《かし》げてから、

「めっ！」

と、ぶった。

サクラの、おでこのあたりを。

手首だけで打つ、撫でるようなパンチ。音も『ぽかっ』。

ただし巨大隕石《いんせき》を押し返し、エアーズロックを持ち上げる怪力で。

耳をつんざき、何キロも先のガラスを震わす、超音量の『ぽかっ』だった。

「――――――――ッ⁉」

サクラの体躯《からだ》は宙を舞う。

いや、飛ぶ。

比喩《ひゆ》でなく弾丸のように。

猛速度で真後ろに吹き飛び、わずかに残っていた監獄の壁へと衝突した。例によって衝撃より音が遅れて聞こえる。痛みはさらにその後だ。

(い……痛いおおおおおおおおおおおおおおおおおおおおおおおおおおおおおおおおおおおおおおおおおおおおおおおおおおおおおおおおおおおおおおおおおおおおおおおおおおおおおおおおおおおおおおおおおおおおおおおおおおおおおおおおおおおおおおおおおおおおおおおおおおおおおおおおおおおおおおおおおおおおおおおおおおおおおおおおおおおおおおおおおおおおおおおおおおおおおおおおおおおおおおおおおおおおおおおおおおおおおおおおおおおおおおおおおおおおおおおおおおおおおおおおおおおおおおおおおおおおおおおおおおおおおおおおおおおおおおおおおおおおおおおおおおおおおおおおおおおおおおおおおおおおおおおおおおおおおおおおおおおおおおおおおおおおおおおおおおおおおおおおおおおおおおおおおおおおおおおおおおおおおおおおおおお痛いよおおおおおおおおおおおおおおおおおおおおおおおおおおおおおおおおおおおおおおおおおおおおおおおおおおおおおおおおおおおおおおおおおおおおおおおおおおおおおおおおおおおおおおおおおおおおおおおおおおおおおおおおおおおおおおおおおおおおおおおおおおおおおおおおおおおおおおおおおおおおおおおおおおおおおおおおおおおおおおおおおおおおおおおおおおおおおおおおおおおおおおおおおおおおおおおおおおおおおおおおおおおおおおおおおおおおおおおおおおおおおおおおおおおおおおおおおおおおおおおおおおおおおおおおおおおおおおおおおおおおおおおおおおおおおおおおおおおおおおおおおおおおおおおおおおおおおおおおおおおおおおおっ!)

「──#345／＜Utyu＝7@∵:1====?!ぬ:4rt!」

言葉にならない叫びが勝手に口から漏れ出す。サクラの中には、ただただ痛みと混乱が溢れていた。
だが、この程度で済んだのはサクラが魔法少女であったからだ。常人が今の打撃を喰らえば、頭部は『飛沫』になっていた。粉砕、ではなく飛沫化だ。脳を損傷して神経系が狂っていたのかもしれない。サクラの魔法少女ならではの超代謝力で回復していく。残るのはただ激痛と疲労と──恐怖のみ。
しかし魔法で強化されたサクラの肉体は、激しい痛みを伴いながらも打撲傷のみ。割れた骨や、千切れた血管、そして件の挫傷した脳髄は、魔法少女ならではの超代謝力で回復していく。残るのは首の無い人体と、エアブラシで吹いたような綺麗な赤色だけだっただろう。

(痛い! 痛い! 痛い! 怖い! 怖い! 怖い! 痛い! 痛い! 痛い! 怖い! 怖い! 怖い! こわい! こわい! こわい! こわい! こわい! こわい! いたい! こわい! こわい! こわい! こわい! 怖い! 怖い! 怖い──!!)

痛がり怯《おび》えつつも、サクラは少しだけ落ち着きを取り戻していたのかもしれない。或《ある》いは、脳の損傷によって恐怖がほんのわずかに麻痺《まひ》したのか。その為、彼にも

「う……うう、う――うう……」

と『泣き叫ぶ余裕』が出来た。

「うわあああああああああああああああああああああああああんっ！　うあああああああああああああああああああああああああああああああああああああああああああああああああああんっ！　うわあアアアアアアアアアアアアアアアアアアアアアアアアアアアアアアあああああああああああああああああああああああああああああああああああああああああああああああああああああああああああああああああああああああああんっ！」

赤ん坊と同じ泣き声。

産道を通って見知らぬ世界に放り出される根源的恐怖――それを体験した生まれ立ての胎児と、寸分違わぬ絶叫だった。

脳の再生につれ理性も戻る。これではいけないと理解も出来てる。

人々の幸福の為に戦う魔法少女が、敵に怯えて泣き喚《わめ》くだなんて。

しかも、自分の為だけの涙だ。

ウーパーの襲撃で既に幾つもの人命が失われている筈《はず》だった。この施設の職員や警察関係者の、数多くの人命たちが。それに今のままでは一般舎の受刑者たちも危険になる。彼らは犯罪

者でこそあれ命を奪われる程の罪は犯してない筈だった。

見知らぬ人たちだけではない。そもそもサクラが此処に来たのは幼馴染みの奈々を助ける為ではないか。なのに、まだ彼女の安否も確認していない。一緒に来たスウィ～ト☆ミルクも心配だ。もしかすると二人揃って、この大破壊に巻きこまれていたかもしれない。

それに、ほぼ全壊したこの防音ルーム。彼の師匠おしゃれ天使スウィ～ト☆ベリーは、まだ此処に居たままだ。変身も出来ず、それどころか鎮静剤や拘束具の為に部屋から逃げる事も出来ない。ウーパーに襲われれば、為す術も無く殺される。

そんな『守るべきもの』が幾つもあったというのに――なのに彼が泣いているのは、ただ自分の為にだけ。純粋な怯えの涙。

これは許されるべき事ではない。が、それでも涙は止まらなかった。

そのくらい分かってはいた。

「うわああああああああああああああああああああああああああああああああああああああああああああああああああああああああああああああああああああああああああああああああああああああああああああんっ！ うああああああああああああああああああああああ」

「こらぁ、うるさぁ～～～いっ！」

棒立ちのまま泣くサクラに、ウーパーの二撃目。

しかも今回は、拳を大きく振りかぶってからのパンチ。

比較的本気の〝ウーパーパンチ〟だ。

「めっ！」

大振りのテレフォンパンチでありながら、泣いてるサクラには避けられない。いや、もし泣いていなくとも、避けられはしなかっただろう。超怪力の前肢から繰り出されるパンチはどんな弾丸よりも速い。

今度の拳はサクラの胸元に命中したが、彼の体躯はまた真後ろへと吹き飛ばされる。先程よりも速く。周囲の瓦礫を舞い上がらせて。

もし建物の残骸や地面にぶつかっていなければ、第一宇宙速度に達して地球を回り続けていたかも——という程の速度だった。

無論、ダメージも甚大《じんだい》だ。

直接殴《なぐ》られた胸元は、肋骨《ろっこつ》を全て粉砕《ふんさい》され、肺と心臓も破裂《パンク》している。まるで風船のような文字通りの破裂《パンク》。その勢いで血管内を血が逆流。手足の指先は内出血でむくみ、眼球は真っ赤。視界は一面、赤黒い。治癒したての脳髄も血流ですっかりシェイクされてしまっていた。

その上、吹き飛ばされた勢いで腱が千切れて、手足はうち捨てられた人形のように出鱈目《でたらめ》な方向を向いている。

避難中の一般受刑者たちは鉄格子つきの窓から、地べたに転がるサクラを見た。誰もが既に死体と思った。

「う、うう――あぁ、うああ……」

実際は、まだ絶命はしていなかったが。

魔法で強化された肉体は、そう簡単に死ぬ事は無い。

「いたぁいよおおおおおおおおおおおおおおおおおおおおおおおおおお…………!!」

今となっては、それも残酷な拷問だったが……。

肺や眼球は少しずつ機能を再生させていたとはいえ、その使い道は「ひっぐえっぐ」と泣きじゃくる事だけだった。

口からは嗚咽《おえつ》。目からは涙。

今や神経は、ただ苦痛を感じる為だけの器官だ。

「こぉらぁ～！　勝手にすっとぶなぁ～～っ！　とどめぇ刺しにいくのぉ、めんどいじゃぁないのぉ～～～っ！」

「ひ――っ⁉　ひぃいいぃいいいいいいいいいいっ！」

ぺたぺたという湿った足音を鳴らしながら、ウーパーはこちら《サクラ》へと近づいてくる。
・・・とどめを刺しに。
溺《おぼ》れそうな程溢《あふ》れる絶望。そして恐怖。苦痛を和《やわ》らげようと異常な量の脳内麻薬が分泌されたが、しかし割れた頭蓋のひびから漏《も》れていく。気持ちは晴れる事が無い。

やがて、ついに――。

「く……くるな！　くるなくるなくるなくるなくるなくるなくるな来ないでえっ！」

「だぁ～～～め」

ついに、ぺたぺたの足音はサクラのすぐ真横まで！

「よぉっこぉいしょ～～～っと」

ウーパーは、倒れたサクラに馬乗りになると、

「たあっ！」

と、殴《なぐ》った。

顔を。また『ぽかっ』と。

サクラの口から『ゞんぶっ』と言葉にならない鈍い悲鳴。と同時に血も飛び散った。顔面の骨が陥没《かんぼつ》している。またもや超代謝で再生していくが、そこをまた、

「たあっ！　たあっ！」

と短い前肢で『ぽかっ』『ぽかっ』と殴り続けた。

しかも、何度も。

「たあっ！　たあっ！　たあっ！　たあっ！　とりゃあっ！　たあっ！」

「ゞんぶぅっ！　へぐっ！　ゞんっ！　ゞんぅっ！　んぶっ！　んぶううううっ！　ゞんぐっ！」

顔面が砕け、また再生。そのたびにまた殴る。この『ぽかっ』は音こそは間が抜けているも

のの、その威力は一発一発が対物《アンチマテリアル》ライフルの一射撃に匹敵《ひってき》する。

痛覚は、地獄と同じだ。

「――も…………もぉ、やめでぇ……」

「やめなぁ～～～～～～～～～～い♪　たあっ！」

「んぶううううぅぅうううううううううううううっ！」

これで二〇何度目かの、顔が潰れる感触だった。

（…………ぐるじぃよぉ……）

いっそ再生しなければ楽なのに。すぐに、そのまま死ねるから。

そんな事さえ本気で思った。

（ああ――きっと、これは罰《ばつ》なんだろうな……。こんな怖くて痛くて絶望的なのは全部、この僕への罰…………身勝手な気持ちで『魔法少女になりたい』なんて思ったから……）

しかも、借り物の力で、だ。

今から一二日前――サクラは、あの時の事を**とりゃあっ！**まだ鮮やかに憶えている。

スウィ～ト☆ベリーと出会った夜を。**う～ぱ～ぱぁんち！**

あの夜、まだ普通の**んぐううううううぅ！**そこいらの少年だった佐倉慎壱《さくらしんいち》は、隣家の奈々《なな》と一緒に新宿《しんじゅく》の東口あたりを歩いていた。時間は八時。その近辺は治安が良くないと噂話《うわさ》で聞いてはいた。しかし、それでも佐倉と奈々はスリルを好むティーンエイジャーらしく、また『自分だけは平気』という鈍感さで、隙《すき》だらけのまま歩いていた。**たあっ！　とりゃあっ！**

結果、強盗にあった。

**やめてぇ…やめでよぉ…**相手はいかにも不良少年といった一〇代の男たち四人。もしかすると佐倉《さくら》たちより年下であったのかもしれない。二人は暗い路地裏《ろじうら》に連れて行かれて、財布を奪われた上に殴《なぐ》られた。**やめなぁいて言ってるでしょお！　たあっ！**

奈々《なな》は、レイプされそうになっていた。服を破かれ、押し倒されてた。

佐倉は奈々より先に服を破かれていたが、その為に男子と知られて、押し倒される事は無かった。その分、多めに殴られた。

『奈々を助けるべきなんだろうな』と理性では分かっていた。或《あ》る意味、今回と状況は似ている。**たあっ！　このぉっ！**いや、ほぼ同じと言ってもいい。佐倉少年は自分の為すべき事を知っていた。そして、それが不可能である事も。**もぉ、やらぁ…ころぢてぇ…**

大声を出して助けを求めるなど現実的な選択肢もあったろう。だが彼はそれらの事を一切せず——何もしなかった。怖くて動けず、ただ殴られていた。

後日、奈々は『あの時、佐倉は自分を庇《かば》ってくれた』『佐倉が代わりに殴られてくれてたから、自分はレイプされずに済んだ』と礼を言った。しかし、それは勘違《かんちが》いに過ぎない。もしかすると奈々の願望が混じっていたのかもしれない。佐倉は震えていただけだ。

二人を助けてくれたのは有名な非合法魔法少女、おしゃれ天使スウィ～ト☆ベリー。

佐倉は、ベリーの事が好きになる。
『自分もあんな風になりたい』と。
『あんな風に強くなりたい』と。

奈々は『その気持ちって〝好き〟って言うの？』と眉《まゆ》をしかめていたが、佐倉本人としては純粋な気持ちの筈《はず》だった。**たあっ！　このぉっ！　とりゃあっ！**

『自分も魔法少女になりたい』『試しにステッキを貸してくれないか』――佐倉はそう頼み込んだが、奈々は最初は断っていた。**あ…う、うう……う…**だが三日目、やっと『あの時みたいに〝誰かを守れない自分〟じゃ嫌なんだ』とお願いし、やっと《マジかるコロロン》を借りる事が出来た。………………

佐倉が『自分が弱かったばかりに〝大切な人《ともだち》〟を傷つけるところだった。あんな嫌な想いはしたくない』と熱く語った時、奈々は頬《ほお》を赤らめていた気もした。その表情の意味は、とうとう彼には分からなかった。………………

こうして佐倉慎壱《しんいち》は《マジかるコロロン》で〝魔法少女の弟子〟サクラとなる。

後になって『他人のステッキで変身出来る筈がない』と聞かされたが、現実問題として変身は出来た。**あれれぇ～、しずかになっちゃったぁ？　そろそろしんじゃったのかなぁ～？**

（……こんな、自分勝手な理由で魔法少女になったから――）

魔法少女は、知らない人々の幸福の為に戦うべきであったのに。

（『弱くちゃ嫌だ』だの『ベリーのようになりたい』だの、自分の事ばかり考えていたから……。だから、こんな目に……こんな風にみっともなく泣いて……）

「――いいや」

（…………？）

「――いいや、お前は間違っていない」

サクラは、声を聞いた。

誰かの声を。まだ再生中の淡く霞《かす》んだ意識の中で。

「――お前の動機は、そこまで恥じる程のものではない。それに泣いている事も、だ。魔法少女ならば、誰もが一度くらいは戦闘中に涙を流す。かつてエターナル・ブリリアント・プリンセスもそうだった。無力の涙は魔法少女の産声《うぶごえ》だ」

（…………スウィ〜ト☆ベリー？）

喋《しゃべ》り方からして彼女だろうか？　それとも――、

（…………それとも、幻聴？）

自分の頭の中でだけ聞こえる声か？

幻聴の方が納得出来る。何故って都合が良すぎたから。

その声が語る内容は、サクラの不安を自己肯定するものばかりだ。

（なぐられすぎて、ついにおかしくなっちゃったのか……。だとすれば――いよいよ僕、死ぬんだな。でも……もう、それでいいや……。

だって……こんなのもう、どうにもならない……。もともと僕には、むりだったんだ……。

ぼくには、魔法少女なんて……）

「――絶望するべきではない。人々の幸福を守る魔法少女が、絶望に負けてはならない」

（でも……）

「――願え。そして信じろ。信じれば夢は叶う。魔法はその為にある力なのだ」

（願いが、叶う……それが、魔法……）

『強い自分になりたい』

『誰かを守れない自分は嫌だ』

『自分が弱かったばかりに〝大切な人〟を傷つけるところだった。もう、あんな嫌な想いはしたくない』

それは、魔法少女サクラ――佐倉慎壱《さくらしんいち》の心からの願い。

『あのスウィ～ト☆ベリーのように！』

信じれば夢は叶う。魔法はその為にある力――。

サクラの顔面はパンチで潰され、ハンバーグのタネのよう。ただの挽肉の塊《かたまり》だ。転落死した金城《きんじょう》マリーもこんな顔になっていたに違いない。頭蓋も砕けてしまっている。心臓なんかとっくに停止した後だ。しかし、そのような状態からも、まだ

「う……うう、う……」

と、わずかずつながら再生していた。

徐々に徐々に、じわじわと。

心臓は再び鼓動を鳴らし、呼吸も弱々しくながらも再開する。瞳も微かに輝いていた。

「あれぇ～～～？　まだぁ生きてたぁ、しっつこいなぁ～～～。

それじゃあ～……るーぱーはんまーでとどめなのぉ～っ！」

ウーパーさん・THE・ゴールドバーグ用魔法武器《ルーパーハンマー》。

それは彼女の必殺武器であり、漫画めいたデザインをした重さの二トンの巨大金槌《かなづち》だ。本気で振り下ろせば、その破壊力は五〇〇〇ポンド級の地中貫通爆弾《バンカーバスター》に匹敵《ひってき》する。

おそらく殴《なぐ》り続けるのが面倒臭くなったのだろう。ウーパーはこのハンマーの一撃でサクラを完全に殺す気だった。魔法少女でも再生が不可能な程までに。

「正義の鉄槌ぃ～、愛と勇気の《ルーパーハンマー》ぁ～～～っ！」

ウーパーは必殺のハンマーを振り降ろす。

が、一瞬だけサクラが早かった。

「…………ま、じか――」

血塗れの唇《くちびる》から、声。

「ま、じか…る……らびか、る…………へんしん、ちぇんじ――」

かぼそく途切れ途切れで、今にも消え去りそうだったが、しかし途中で止まる事はない。

それは、呪文だ。

変身魔法。

子供に秘められた無限の可能性を引き出す事で、あらゆる姿に変身出来る。

比較的ありふれた種類の術であり、第一、第二世代魔法少女ではこの能力のみで活動をしていた者も少なくない。

（…………ねがいは、かなう……!!　なりたい自分に――!!）

サクラは今にも消え去りそうな息の中、それを――使った。

「――マジかる　ラビかる　ヘンしんチェンジ！　〝もっとなりたい自分〟になあれ！」

ピンクの眩《まぶ》しい光に包まれて、サクラは変わる。

繭玉で目覚める蝶のように。

光はすぐさま消えていったが、その時にはもう以前のままの彼ではない。

〝もっとなりたい自分〟になっていた。即《すなわ》ち――、

「エンジェルスウィ～ツ　デコレーション！」

彼の憧《あこが》れの、あの姿に。

誰よりも強く、気高く、美しく、そして誰よりも立派な、決して大切な人を失う事もないであろう、あの女性《ひと》に。

「フリルいっぱい　夢いっぱい　女の子ならおしゃまでいこう！　夢見るおしゃれ天使スウィ～ト☆ベリー！」

ピンクのコスチュームに二四歳の背丈《せたけ》、すらりと引き締まった戦士の肉体。冷たく燃える瞳はコンクリートジャングルに棲《す》む肉食獣。肌《はだ》の細かい戦傷《いくさきず》は瑪瑙《めのう》の赤い縞《しま》模様。ポーズをつけたヴィーナスではなく、武具を構えたミネルヴァの美。

その名は、夢見るおしゃれ天使スウィ～ト☆ベリー。

姿はオリジナルと瓜二つ——いいや、むしろ美化されていた。

「とぉりゃあ～、しんじゃえ～～～～～～～～っ！」

丁度そのタイミングで《ルーパーハンマー》が彼へと達する。

超怪力で振り下ろされた総重量二トンの大鉄塊が、再生したてのベリー《サクラ》の頭部に。

がこん、と響く轟音《ごうおん》。近隣一帯の窓は割れ、コンクリートの壁は震える。

この打撃にまた彼の頭蓋が叩き割られるかと思いきや……今度は、そうはならなかった。

「痛くない！」

頭頂部にハンマーを喰らいながらも痛がらず、怪我《けが》も無い。

それどころかウーパーの顔を睨みながら、逆に声を張り上げた。

「スウィ～ト☆ベリーだから痛くない！」

今の彼は〝魔法少女の弟子〟サクラではなく、その師であるスウィ～ト☆ベリー。

だから痛くない。怪我もしない。

そうベリー《サクラ》は言っていた。

そんな事、あり得ないのに。

「う～～っ⁉　う～～そ～～だぁ～～～っ！　もういっぱぁ～～～～～～つ！」

《ルーパーハンマー》の二撃目。今度はより強く。スピードも、より速く。

先端のハンマー部分は音速を軽く超えていた。これ程の運動ベクトルを持つ物理力ならば触れるだけで――いや、外れようとも空気の圧力のみで、ただのサクラなら殺せていよう。

だが、そうはならない。

「……遅い！　それに弱い！　こんなのベリー《ぼく》には当たらない！」

避ける必要さえも無い。

左手だけあればいい。

ベリー《サクラ》は左手一本で、必殺の攻撃を受け止めた。ぴたり、と。山を崩して洪水を防いだ巨大ハンマーの一撃を。特に力も入れてないのに。

「う……うそぉ～……？　これってぇ幻覚《うそ》？　お薬いい子に飲んでるのにぃ！　先生に叱《しか》られちゃうよぉ！」

幻覚《うそ》ではない。しかし幻覚《うそ》と言えば幻覚《うそ》。

本当のスウィ～ト☆ベリーは、決して弱い魔法少女ではない。

が『極端に強い』というわけでもなかった。他の"魔法のスウィート☆おしゃれ天使"も同じだ。一人ひとりは並程度でも、努力と勇気とチームプレイで何倍もの力を持った敵に立ち向かう——それが彼女たちのスタイルだったが、対するウーパーさん・THE・ゴールドバーグはそうではない。

彼女は『極端に強い』。

魔法少女の強さに順位付けをするならば、その頂点には太陽系内全ての事象を司るエターナル・ブリリアント・プリンセスが君臨し、次点は"ホーリープリンセスかぐや"の最終形態でありパラレルワールドのプリンセスであるムーンライト・マジカルホーリープリンセスとなるだろう。

では、三位は？

それは白鳥まひるの変身するダックさん・DE・ニコルソンであり、そのコピーのウーパーさん・THE・ゴールドバーグ。

おしゃれ天使が一対一で、力比べで戦える相手では決してなかった。

しかし、現にこの光景。

振り下ろされた《ルーパーハンマー》はベリーの左掌で、ぴたりと制止させられていた。何故なら今、お前の目の前に居るのは『戦いと美と正義の化身』だ。誰にも負けないし、何にも屈しない。ハンマーなんか当たるわけがない」

「お前の攻撃は当たらない。何故なら今、お前の目の前に居るのは『戦いと美と正義の化身』だ。誰にも負けないし、何にも屈しない。ハンマーなんか当たるわけがない」

根拠も何も無い言葉。

しかし魔法少女サクラが変身したのは、そういった絶対的存在に他ならない。プリンセスにも匹敵《ひってき》する無敵の女神。本物のベリーならば、いざ知らず、だ。

これが『サクラにとってのスウィ～ト☆ベリー』であったのだから。

そして、改めて名乗りを上げる。

「――お聞きなさい！

魔法少女〝歌うウーパーさん・THE・ゴールドバーグ〟！　陰謀に加担して刑務所を襲い、大勢の命を奪うだなんて！　貴方みたいな悪い子のせいで、この――」

何十回も見た、動画データそのままに。

あのお馴染みのポーズと台詞を。

「夢見るおしゃれ天使スウィ～ト☆ベリーは、ちょっぴり機嫌が悪いんだから！」

照れは、無い。

誰より正しいこのスウィ～ト☆ベリーが、誰に恥《ん》じる事などあろう。

ウーパーは三度目のハンマーで襲い掛かって来ていたが――しかし、ベリー《サクラ》は右の拳をぎゅうっと握り、両生類の顔面へとストレートを喰らわせる。ハンマーより早く拳は届いた。

ベリー《サクラ》の右拳に、もちもちと湿った感触。続いて「ぶぎゅう」という叫び声。

今度は先程とは立場が逆だ。ウーパーが顔面の骨を粉砕《ふんさい》させられながら吹き飛んで行く。

真後ろに向かって。

一直線に。

「ぶぎゅぅーーーっ⁉ あ…あ゙……あ゙だぁーっ！ あ゙ーーーっ！ いだぁーっ！ あがぁあぁーーっ！ ちょぉ……ちょおっとタイム……‼ まってぇ……‼ これ、痛いのぉ！」

「駄目だ！ 待たない！」

瞳は怒りに燃えていた。しかし、これは報復ではない。

正義と公正を重んじるスウィ～ト☆ベリーは、復讐心などという『個人的感情』で罰《ばつ》を増減する事は無い。サクラの中のベリーはそうだ。だから、これは公正な裁きの結果だった。

「来て！《おしゃれ☆ベリーピンクベル》！」

名を呼ぶと、その手の中に顕現《あらわ》れる。

彼女《かれ》の最強の必殺武器が。

同時に技の名を叫んだ。

「甘くてスウィ～トな夢を届けるベリー・ピンクベル・ハートヴァイヴレーション！」

技名の長さなら第三世代三位。ハート型の光波を放射し、超高熱で敵を灼《や》き尽くすという熱光学系の必殺技。警察の急襲隊員を瞬時に一〇人灼き殺せる。

両生類型魔法少女なら、一三．五秒で一匹だ。

決着は、ついた。

腰が抜けそうな程の快感。

3

——この臭い、果たして何が焦げている？

「……奈々《なな》ちゃん、ご覧。終わったようだよ」

「ええ……」

見張り塔の屋根の上は、刑務所で一番高い場所になる。

つい一〇分前までなら、熱力学的受刑者専用舎（ＭＳ舎）のノートルダム塔が施設で最も高い見張り塔であったろう。だが今は違う。

ウーパーアッパーでＭＳ舎が破壊された今となっては、この一般舎の見張り塔が一番高い。

スウィ～ト☆ミルクこと真白正幸《ましろまさゆき》は、そこに居た。

下着姿のままの奈々を連れて。

ウーパーの襲撃を察知した真白は、奈々を連れて脱出し、この見張り塔の上に隠れていた。

此処《ここ》は敷地内で最も見晴らしの良い場所であり、逆に地上からは死角となる。警備の刑務官に催眠《さいみん》ガスを嗅がせれば、誰にも見つからない隠れ場所の出来上がりだ。

塔から下界を見下ろすと、今まさにサクラがウーパーを今まさに倒したところ。

『——甘くてスウィ〜トな夢を届けるベリー・ピンクベル・ハートヴァイヴレーション！』

技の名が聞こえる。真白《ましろ》には馴染みのある技名だ。それに続いて『ぎゃぶぅ』という両生類のおぞましい悲鳴。黒く焦げる臭いも伝わる。

こうして刑務所を襲ったウーパーは返り討ちにあった。奈々《なな》も真白も、佐倉《さくら》も無事。これは喜ぶべき事なのだろう。

が、奈々の瞳は無感動。

それどころか絶望の色さえも浮かべていた。

「……悲しいのかい？」

「…………………うん……」

喜ぶべきだ。それは奈々も分かっていた。

しかし、出来ない。

『自分を助けに来た筈《はず》の佐倉が、』

『自分よりスウィ〜ト☆ベリーを選んで、』

『自分を見捨ててスウィ〜ト☆ベリーを助けに行き、』

『スウィ〜ト☆ベリーへの愛情・敬意によって勝利した』

『おそらく彼は、もう自分の事を心配していない。忘れてさえいるかもしれない』
この圧倒的事実。
奈々は何の表情も浮かべないまま、頬《ほお》に涙を伝わせていた。
胸の奥で《キレイなココロ《ブリリアントハート》》が黒くなる……。

4

――焦げたのは、肉体《カラダ》？　それとも？
瓦礫ばかりの防音ルーム。
いや、その跡地。
水城宇美《みずきうみ》は、思い出す。
（…………友情と想い出は、か――）
肋骨《ろっこつ》の傷が、ずきずき痛む。意識も薄れる。
もしかすると自分はこのまま死ぬかもしれない。そんな覚悟さえもしていた。
だが、彼女の顔は安らかだ。
「……キラキラアクア！、仲間割れは終わったようだな」

「スウィ〜ト☆ベリー……つまりそれは『私とウーパーは陰謀の仲間であったのに、仲間割れで攻撃を仕掛けてきた』と言いたいのですね？」

「そうだ」

「………貴方には言いたい事が二つあります。一つ目は『貴方の推理は外れていた』という事です。

私は、プリンセスに会っていません。『友情と想い出だけは永遠に近い』は、一〇年前に私が彼女から聞いた言葉です。嘘発見機は……動揺したから反応しただけ」

一〇年前の四月。

水城《みずき》はまだ星城しずくの意識を保っていたプリンセスを、無理矢理ベッドに押し倒した。自室で二人きりになった時、我慢出来ずにやってしまった。唯一本気で心を許せる友達に対して、心以外までも求めようとしてしまったのだ。不慣れな友情が空回りした結果だ。

結果、プリンセスは心を閉ざし、星城しずくではなくなった。

『世界に永遠など無くっても、友情と想い出だけは永遠に近いと信じていたのに』

でも、違った。裏切られた。しずくはそう言って水城《みずき》を責めた。

翌日、水城は正体を明かして引退する。その後、二人は一度も顔を合わせていない。

だからプリンセスの『友情と想い出は永遠に近い』という言葉は、その実、水城に向けられたものだったのだろう。

つまりは『水城を許す』『今でも友達だ』という友情の言葉。

水城の安らかな顔は、これが理由に他ならなかった。

「これが、貴方に言いたい事の一つ目……」

「もう一つは？」

二つ目は『世界一賢い』彼女ならではのもの——。

「事件の真相が分かりました……」

*　　　　　*

一方、魔法少女サクラ。

〝甘くてスウィ～トな夢を届けるベリー・ピンクベル・ハートヴァイヴレーション〟。

光波の放射から一三．五秒。ウーパーは全身から水分を失い、干からびた炭の塊《かたまり》となる。

ベリー《サクラ》が蹴るとその残った炭さえ粉々に砕けた。

こうして敵の絶命を確認すると——、

「はぁ、はぁ……ふぅ……」

緊張の糸が切れ、かくん、と彼は膝から倒れる。変身魔法も解けてスウィ～ト☆ベリーの姿から、いつもの〝魔法少女の弟子〟サクラに戻っていた。

今さら背中がぞくぞく震える。瞳は恍惚《こうこつ》で焦点が飛んでいた。

「サクラ――」

震えるサクラの名を呼んだのは、彼の師であるスウィ~ト☆ベリー。

無論、本物の方だ。

如何《いか》なる方法か、皮手錠《てじょう》を外して服まで着ていた。中学校の制服だ。

「よくやった、サクラ。見事だったぞ。お前は多くの命を救った」

「えへへ……」

サクラの口元は、ほころんだ。目からは感激の涙まで出た。

魔法少女としてのサクラには、ベリーから褒《ほ》められる以上の喜びは無い。だが――、

「だが――もう、お別れだ……」

喜びは、再び絶望に変わる。

ベリーの口から出たのは、あまりに唐突な別れの言葉だった。

「え……っ？　えっ？　ベリー、何を言ってるんです……？」

「キラキラアクア！の口から真相を聞いた。まだ推測であるが、まず間違いは無いだろう。それを知ってしまった以上、もうお前とは居られない」

「待って！　それって、つまり……僕を巻き込みたくないって事ですか⁉　危険だから自分一人で事件を解決するって！　そんなの嫌です！　僕も一緒に居させてください！」

「……勘違《かんちが》いをするな。私はお前の思っているような女ではないし、自分で言っていた程立派な人間というわけでもない。もっと汚い、濁《にご》った女だ。

私は陰謀に加担する。人々の幸福ではなく、ただ自分の為に――『悪』として」

今、サクラが感じているのは、ウーパーに殴《なぐ》られていた時とは別の種類の衝撃であり、別の種類の絶望だ。

揺らぐと疑ってさえいなかった足場が、突然すとんと抜き取られたような――そんな精神的な崩壊だった。

「そ、そんな……。あの――僕を騙してるんですよね……？　敵を欺《あざむ》くには、ってやつでしょうか？　スウィ～ト☆ベリーは、そんな人じゃないですものね……？」

「お前に私の何が分かる」

すがりつくような目をするサクラ、しかしベリーは突き放す。

つい先程まで、あんなに素敵な時間だったのに……。

「次に会う時、お前は敵だ」

「そんな、まさか……」

純粋な《キレイなココロ《ブリリアントハート》》は真透明のクリスタル。

或《ある》いは情熱の燃える赤。

ただただ眩《まぶ》しく煌《きら》めく宝石。

だが——人は日々を過ごすうちに、黒い染みを作ってしまう。

焦げて灼《や》き付いた、醜《みにく》い汚れを。

佐倉慎壱《さくらしんいち》も宇佐美奈々《うさみなな》も、それは例外でなかったらしい。

この日、この時に起きた事件は『第三世代魔法少女の最後』であり、同時に或る意味『第四世代の誕生』であるとも言えた。


彼の名は〝魔法少女の弟子〟サクラ。

第四世代最初の魔法少女となるべき少年は、未だ絶望の淵《ふち》に居た。

# エピローグ

またもやウィッチ・イズ・デッドだ。

一人、また一人と消えていく。

「あの、もしもし……先輩《チョコさん》、聞いてます？」

『……ええ、もちろんよ』

もとおしゃれ天使スウィ～ト☆ショコラこと真《ま》白《しろ》里子《さとこ》は悩みがある時、必ず〝彼女〟に電話をする。奈々《なな》にとっての里子と同じだ。

彼女の名は、天宮チョコ（三七歳）。

またの名を〝魔法の少女スウィート・ショコラ〟。

いわゆる『初代スウィート・ショコラ』だ。

一九八二年デビューの第二世代魔法少女で、主な能力は大人への変身魔法。

魔法の国ショコラリティの使命を受け、約一年半ほど活動を続けていた。

ちなみに彼女は名前こそ『スウィート・ショコラ』ではあるが、実は里子たち〝魔法のスウィ～トおしゃれ天使〟とは直接関係の無い魔法少女だ。名前は単なる偶然に過ぎない。

だが、それでも里子は現役時代に偶然知り合って以来、名前が同じだけの天宮チョコを『初代』『先輩』と呼び、何か悩みがある度にこうして彼女に相談していた。

「あたし、もうどうすればいいか……。先輩《チヨコさん》なら、こんな時どうします……？」

『あら……私がどう答えるか、貴方はもう知っているでしょう？』

そう。

この種の相談に、彼女は必ずこう答える。

『皆を、制止《とめ》なさい。魔法を使うべきではないわ』

魔法を使うべきではない——と、いつものように。

『私もね、昔は〝魔法は人を幸せにする〟と思っていたわ。自分のステッキは、その為にあるんだって。でも、そうではないと気付いたの。

私、今とっても幸せだわ。でもね、それは〝優しい両親の想い出〟だとか〝ときどきお話しするお友達の楽しそうな声〟とか〝暖かいお日様〟や〝可愛らしい小鳥の歌〟、そういったもののおかげなのよ。魔法のおかげなんかじゃない。

夢を叶える力は〝呪文〟じゃなくって〝努力〟だし、心を守る力も〝ビーム〟ではなく〝愛情〟なの。みんな、すぐに忘れてしまう事だけれど……』

そして初代ショコラは、お馴染みの言葉で締めくくる。

『いいこと、よく憶えておきなさい。人はね——魔法じゃ幸せになれないの』

彼女は両親を病気で失った上に、自身も同じ不治の病で一〇年以上闘病生活を送っている。

暮らしぶりも裕福とは言えず、正直『とっても幸せ』とは、とても傍目には思えない。

しかし、それでも彼女の言葉の正しさを、里子《さとこ》が疑う事は無かった。

「ありがとう、先輩《チヨコさん》……。ちょっとだけ悩みが消えた気がします」

『ううん、こちらこそお話し出来て嬉しかったわ』

こうして里子は、受話器を置いた。


魔法は人を幸せにしない。

第一、第二世代の魔法少女なら、誰でも知っている真実だった。

＊　＊

「ううん、こちらこそお話し出来て嬉しかったわ」

巨大グループ企業、アクアリウム社。

その本社ビル最上階のオフィスで、初代スウィート・ショコラは電話を切った。

いや、正しくは『変身魔法で初代スウィート・ショコラに化けていた秘書』が電話を切った。

社長秘書——もとキラキラレディー・コバルト！の海音寺《かいおんじ》うしおが。

手にした電話も、魔法の携帯電話《おしゃれ☆ピッチ》を科学技術で再現したもの。あらゆる電話と通信出来る。

「これでよし、と」

コバルト！は変身魔法を解き、普段の姿へと戻る。

二七歳の女性秘書へと。

身を包むのは品の良い海外ブランドのスーツ。派手過ぎない落ち着いたアクセサリー。ひっつめにした髪型はやや堅苦しい印象を与えるものの、しかし同時に『いかにも秘書』といった知性や品格を漂わせてもいた。

まるで『大人の女性』のお手本《モデル》そのもの。

踵《ヒール》の高い靴《くつ》と年上っぽい雰囲気により、彼女の背は実際よりも高く見える。しかし計測すれば分かるが、本当はそこまで高身長というわけでもない。彼女の背丈《せたけ》は、ちょうど――一六六センチメートルだ。

「お嬢様――真白里子《スウィ～ト☆ショコラ》の方、釘を刺しておきました」

秘書のコバルト！の報告に、少女は
「……ご苦労様です」

と、幼い声で頷《うなず》いた。

五歳になったばかりの金髪の少女が。

小さな掌の握ったクレヨンが、リストにチェックを付けていく。

『ハニーゴールド』『プリンセス』『ベリー』『ダック』『ショコラ』そして『おかあさん《アクアー》』。

退《しりぞ》け、或《ある》いは堕落させた魔法少女たちの名前に『×』の印を。

「それでは計画を、次のステージへ……」

少女の名は、水城《みずき》るしふぁ。

『世界一賢い少女』水城宇《う》美《み》の養女であり、また彼女は生まれながらにして大きな秘密を持っていた。

それは星の守護者たる魔法少女であるという事。

金城《ハニーゴールド》マリーが偽物として存在した為、世に出る事が出来ずにいた本物の『金星の守護者』の転生だった。

「ルシファー！クリスタルエナジー　スーパースターライトアップ……。

この私——闇に煌《きら》めくアイドル戦士キラキラルシファー！五歳半が、貴方の心臓《ハート》を奪い去る……」

手にしていたのは《スーパースターライトスティック》。

マリー《ハニー》のクローゼットから盗み出した『金星の守護者』用の後期強化型ステッキだ。

幼い彼女の名乗りと共に、空は暗雲に包まれる——。

まるで流行り歌そのままに、

〝輝きと闇〟
〝人と魔女〟
〝花と果実〟
〝始まりと終わり〟
ウイッチ・イズ・デッド　死ぬのは、いずれか？

# あとがき

――RRRRRRR！


「ふああ……もしもし伊藤です」

『一迅社のH田です』

「ああ、これはどうも……。何ですか、こんな時間に？」

『こんな時間も何も、もう午後の四時ですよ。今ダメなら何時ならいいんですか。それより、そろそろ後書きを書いていただく時期なのですが――』

「はい」

『その前に、一つだけ言っておきたい事があります』

「……なんです、改まって？」

『これは某有名作家さんの話です。銀河を舞台に同盟軍と帝国軍が戦争をする超人気小説シリーズの作者さんなのですが……』

「そのシリーズなら昔全巻読みましたよ。懐かしいですね」

『その人はどうやら〝スター○ォーズを観た事がない〟とコメントしているそうなんです』

「へ～……そうなんですか？　あのシリーズのいくつかの設定って、スター○ォーズのパロディなのかと思ってました。それにあの世代でSF書いてる人なのに、スター○ォーズを観た事ないって驚きですね」

『あと、同じ時間がループするネタの某有名学園エロゲーってご存知ですか？　あれのシナリオライターさんは〝ビュー○ィフルドリーマー〟を観てないと言っているそうですよ』

「……マジで？　でも、あれって――」

『それから昔読んだ国内ものの小説でミステリ＋アクションという感じの〝浅草十二階に立て篭もるテロリストとエレベーターを駆使して戦う〟という作品があったのですが、その後書きにも〝ダ○ハードは観た事がない〟と書いてあった気がします』

「はあ、なるほど……」

『つまり、そういう事なのです』

「……………………………………………………………………………………」

『……………………………………………………………………なんとなくおっしゃりたい事が分かってきました」

『よろしい。さて、伊藤さんに質問です』

「はい」

『伊藤さん、〝ウォッチメン〟って映画、ご存知ですか？　似た感じのストーリーなのですが』

「…………本当ですか？　ううん、僕は知らないなあ」

『去年の映画なのですが、去年は何か映画観ました？』

「いえ、去年は忙しかったので何も観てません」

『もとはアメコミだそうですよ。D○コミックスの。伊藤さん、アメコミ好きでしょ？』

「さあ、僕はマーベ○コミックス派なので知りません」

『もし似てたとしても偶然なのですね？』

「偶然です。というか、あらすじにすると似てるというだけで、実際の内容は全然違ってたりするんじゃないですかね？　よくあるでしょ、そういう事って」

『ブログでその映画を観に行ったと書いてありましたが？』

「あれは、ええと……みんなにかまってほしくて、新作の映画を観に行ったとウソついたんです。ぴ○で見かけた適当な映画のタイトルを。ホントは家で体育座りしてました」

『うん、なかなかいい調子です。よくそんなスラスラ口から適当言えますね？』

「アンタが言わせてるんでしょうが。とにかく、これは構想数年、映画よりもずっと早くから細かい部分まですっかり決まっていたのです」

『……そこ、構想二五年になりません？』

「長っ！　どうして？」

『二五年以上前だと、原作コミックの発表より前になりますので。その頃から考えていた——

いや、むしろ既に作品を書き上げていていたという〝事実〟を思い出していただけると助かりますが……』

「ああ……そうそう、思い出しました。二五年以上前――まだ伊藤が乳幼児だった頃、この話を書いたのです。各キャラの名前まで詳細に。何のヒントもなしに」

『さすがにそんな乳幼児はキモい。あと、地味なサバ読みするな』

「うるせえですよ」

『で、その頃は第三世代魔法少女ブームよりもずっと前なので、何かに影響を受けたり、モトネタがあったりするわけではないのですよね？』

「当然です」

『んじゃあ、まあ、そういう事ですんで。そんなカンジでお願いします』

「うぃ～っす」


やあ皆さん、こんにちは。

洋画も女児向けアニメも観ないのでおなじみの伊藤ヒロです。

本作は以前からずっと温め続けてきた企画だったのですが、ついに日の目を見る事となり本当に嬉しい限りです。

それと先程編集者さんから電話がかかってきたのですが、意味不明だったのでそのまま文章にして載せてしまう事にしました。もともと何の影響も受けてないのに、これじゃまるで伊藤が嘘をついてるようじゃありませんか。失礼極まりない話です。まったく、もう。

とはいえ、本作のような超王道系ライトノベルを出してくださる一迅社さんと担当のH田さんには海より深く感謝です。


さて、お若い読者の方々はご存知でしょうか？　九〇年代中盤頃まで、オタク界は〝魔法少女の時代〟でありました。

某魔法少女アニメが国民的人気となったのを皮切りに、アニメ、マンガ、ゲーム、小説と何十、何百という数の魔法少女ものの作品が作られ、そして、その何倍かの人数の魔法少女たちが世に生み出されていったのです。

さらに言えば、この魔法少女ブームこそは現在の〝萌え文化〟の原点でもあります。少なくとも、その一つである事は間違いありません。

オタクというものはもともと美少女が好きなものではありましたが、かつては今より多少はコソコソと美少女を愛でていたものでありました。ですが、この熱狂的ブームによって多くの人たちが痩せ我慢をやめたのです。

この時期以降〝ロボット〟〝ミリタリーメカ〟〝怪獣〟〝ヒーロー〟〝美形キャラ〟といった『オタクの好きなもの』の中で〝美少女〟は絶対的な位置に君臨するようになります。

と同時に魔法少女はその役割を終えて、単なる〝美少女〟ものの一ジャンルとなりました。
そして今や、誰もが『何が今の世界を作ったか』を忘れて〝萌え文化〟を享受し、最新の美少女たちを楽しんでいます。
それは決して悪い事ではなく、むしろ正しい事ではあるのですが……。

いえ、魔法少女に限りません。
時代は日々移り変わっていくもの。ですが、ふと立ち止まり、後ろを振り返ってみると――過去に幾つもの大事なものを置き去りにしていた事に、人は誰もが気づくでしょう。
その時に感じる、胸にチクリと何かが刺さるような感覚……それを具象化したものこそが本作であり、また本作の登場人物たちなのです。

…………………………………………………………………………………………

…………………………………………………………………………………………

…………と、なんだか今の話って、カッコつけてるみたいで逆にカッコ悪いし、本編のネタバレになりかねないし、『お前の言ってる内容は、オタク史的な観点では少し違う』とか面倒な事言われそうだしで、いろいろアレなんで、このへんでストップします。

何よりあとがき前半でしたアリバイ作りの部分と食い違ってきますし。

ええと——あと伊藤は普段は成人向けゲームのシナリオライターをやっているのですが、『中学生』だの『八歳』だの普段は使えない単語がいっぱい使えて楽しかったです（成人向けゲームでは一八歳未満のキャラは出せない規則なので）。

フー……程よくカッコつけてない事言えた。これでよし、と。

それでは、また近々お会いいたしましょう。

伊藤ヒロ

# アンチ・マジカル
## ～魔法少女禁止法《まほうしょうじょきんしほう》～

伊藤《いとう》ヒロ

発行　二〇一〇年八月一日　初版発行
発行人　杉野 庸介
発行所　株式会社 一迅社
〒一六〇－〇〇二二
東京都新宿区新宿二－五－十　成信ビル八階
電話　〇三－五三一二－七四三二（編集部）
〇三－五三一二－六一五〇（営業部）
装丁　kionachi(komeworks)
印刷・製本　株式会社　暁印刷



一迅社文庫

©2010 Hiro Itou　Printed in Japan　ISBN978-4-7580-4168-3 C0193

作品に対するご意見、ご感想をお寄せください。

〒160-0022 東京都新宿区新宿2-5-10 成信ビル8階　株式会社 一迅社 ノベル編集部
伊藤《いとう》ヒロ先生 係／kashmir《かしみーる》先生 係